Ningún Amor Es Imposible

Por

Barbara Ana Balbás Torres

Este libro va dedicado a todos aquellos que alguna vez le han dicho que no pueden hacer algo porque es imposible.

La única forma de lograr lo imposible es convencerse de que es posible.

Agradecimientos

Gracias a:

Ricardo y Marta Balbás, que pese a la distancia me han ayudado enormemente.

Mis tíos y primos por formar parte de mi educación y crecimiento como persona.

Khrisbel Díaz, aquí conocida como Sam, no hay que abundar mucho.

Nicol Nova y Linette Diaz las que entienden mi amor por los libros y me regalan felicidad a montones.

Claudette Ricardo y Rossvely Duran por sus noches de terapia y consejos.

Los que me acompañan desde primero de bachillerato y me han sacado de mis casillas, pero también me hacen muy feliz.

El team que me ha regalado hermosos momentos de locura y felicidad.

Los compañeros que no escogí y son como familia para mí.

Y, por último, pero no menos importante, al contrario, la que le debo la vida, Rosa Torres, mamá eres el ser más maravilloso y especial que he conocido, gracias por amarme día a día como lo haces.

CAPÍTULO 1

Él, Evan Wonder, era el dueño de mis suspiros, de mis sueños, de mis sonrisas, de cada centímetro de mi cuerpo, de mi corazón, de mi alma. Sé que apenas tengo 17 años y puede que haya otros amores, pero ninguno como él, ninguno será capaz de entenderme como él, de complementar mis frases y saber cómo me siento con sólo una mirada ¿porque nadie ve sus buenas intenciones? Demonios, él no es así, él no es malo, él es diferente, él ha pasado por tantas cosas con tan sólo 17 años, ¿no pueden conocer antes de juzgar?

Todos piensan que él me hará daño, pero son ellos que me hacen daño, son ellos que no me dejan ser feliz y vivir mi amor con él en paz, como toda adolescente gustaría vivir su historia de amor, aunque eventualmente terminamos o pase algo, tengo que vivir mi vida, tengo que experimentar el amor, sentir como me llevan a las nubes y me dejan caer de repente.

No sé porque cuando nos prohíben algo ese algo se vuelve más codiciado, se vuelve más lejano, lo queremos más, y cada vez que nos alejan más de ese algo, se hace más necesario.

Eso resume como me siento con él, piensan que, por su apariencia, por su estilo, porque se mete en problemas, piensan que me romperá el corazón, que sólo me quiere para una noche, pero Dios sabe que no es así, que detrás de esa apariencia fría e indestructible hay una persona increíble que muy pocos tienen la gracia de conocerla y yo soy una de ellas.

Creo que lo mejor será contar como fue conocerlo, llegar a saber lo que le preocupa con una sola mirada, como fue enamorarme de él, como el "chico sin sentimientos" era capaz de arriesgar su vida por mí, por mantenerme a salvo, como ha sido todo, y cómo las cosas llegaron al punto de tener que separarnos sin ninguno de los dos desearlo.

"El amor no entiende de edades ni reglas,

de razas ni sexos,

los horizontes del amor son tan inmensos

que nunca terminaremos de explorarlos"

CAPÍTULO 2

Era el inicio de otro tedioso año escolar, a diferencia de que este sería el último, estaba más emocionada que los demás años, aunque también sentía añoranza, que este sea el último año significa que muchas cosas en mi vida cambiarán, dejaré mi vida escolar, entraré a la universidad, es una experiencia totalmente nueva que me emociona, pero a la vez me aterra. No había logrado dormir mucho por estar pensando en mi futuro, en que estudiar, en qué trabajar, a donde viajar, son tantas cosas que a pesar de que apenas estoy iniciando el año el tiempo pasa rápido.

- ¡Jade! -giré mi cabeza y al verla sonreí.

- ¡Sam! -nos fundimos en un fuerte abrazo y terminamos en el suelo rodando. -Te extrañé demasiado idiota, ¡no puedes dejarme así! -Sam tiene un tamaño moderado, su tez es mulata ya que sus padres eran de origen caribeño, sus ojos de un profundo color chocolate oscuro, con caderas algo pronunciadas y una estatura moderada, era la que siempre, en todo momento, había estado ahí para mí, me había apoyado y aconsejado como una madre, una persona que todos quieren y aprecian, algo tímida al principio, pero toda una loca, por decirlo de alguna manera, cuando llegas a conocerla y ella entraba en confianza, en conclusión, la mejor persona que podrías conocer y mi mejor amiga.

-Ay, todos me extrañaron, parece que no puedo dejar esta ciudad ni por dos semanas, entiendan que en el otro lado del mundo también me necesitan -me respondió con un tono de superioridad, obviamente en broma a lo que simplemente rodé los ojos y me reí. -Vamos, tenemos que buscar nuestros horarios -Sam se paró, arregló su ropa y me ayudo a pararme.

-Espero que estemos siempre juntas.

-Sé que no puedes vivir sin mí.

-Se te cayó -Sam paró dramáticamente y se tocó los bolsillos pensando que había sido su teléfono. -La humildad.

-Ja Ja Ja -rió falsamente -Que chistosa estas este año.

-Consecuencias de pasar mucho tiempo contigo.

Conseguimos nuestros horarios y las combinaciones de nuestros casilleros, teníamos la mayoría de las clases juntas y nuestros casilleros uno al lado del otro como todos los años.

Al sonar el timbre nos dirigimos a la clase de matemáticas, y nos sentamos casi al fondo como de costumbre, el aula se fue llenando, la mayoría de las caras eran conocidas, algunos llevan, como yo, toda su vida en esta escuela, hemos crecido todos juntos y es muy difícil que entre una persona en cuarto año, pero había una que nunca había visto, y en esta escuela todo el mundo se conoce así que definitivamente debía de ser nuevo, lo analicé por unos segundos y me sentí automáticamente intrigada por saber más de él.

-Sam, ¿ya viste al chico nuevo? -dije mirándolo, se veía sumamente atractivo y misterioso, sería todo un rompecorazones a juzgar por todas las chicas mirándolo.

- ¿Donde? -lo señalé disimuladamente. -Umm, carne fresca -miré a Sam alzando una ceja.

-Suenas como violadora.

-Es que es bastante guapo, y tiene ese aire como de misterioso.

- ¡Tom! -grité el nombre de mi mejor amigo y novio de Sam en forma de broma, por muchas cosas que dijera Sam, ella estaba locamente enamorada de

Tom.

-Hey -golpeó mi brazo. -Era en broma, nadie como mi bebé precioso.

-Ugh, me dan diabetes -dije rodando los ojos.

Después de nuestra corta charla, el profesor llegó y nos hizo presentarnos uno por uno como todos los años, a pesar de que todos nos conocíamos entre nosotros a excepción del "chico misterioso" que descubrí que se llama "Evan, Evan Wonder", era bastante alto, su espalda era ancha y tenía los brazos definidos, su pelo negro azabache estaba desordenado y rapado por los lados, además al ser blanco este resaltaba más, al estar algo lejos no pude ver bien sus ojos, pero puedo asegurar que son marrones, su estilo de ropa era militar y tenía un semblante serio, todos estos factores eran los que le daban ese aire de chico misterioso y problemático, además de que se veían algunas partes de sus tatuajes, ¿qué serían? ¿qué significarán? Aunque muchas personas se hace tatuajes sin una historia, pero él no parece ese tipo de personas.

En el instante en el que se presentó todas las chicas le lanzaron miradas coquetas, y él actuó como si no hubiese pasado nada, ni siquiera se inmutó, ni siquiera con la mirada coqueta de Layla Smith, la presidenta de clase tres años seguidos y se podría decir que la más guapa de la escuela, ella estudia modelaje, alta, rubia natural, con unos hermosos ojos azules como el cielo en un día soleado de verano y su piel caucásica, ella daba el aire de superficial, pero tenía uno de los mejores promedios de la clase, no era ninguna regalada, y ningún chico de la escuela era inmune a sus coqueteos, pero parece que este sí, ¿era acaso eso posible? Sam y yo nos miramos atónitas, somos amigas de Layla y la conocemos, si ella le coquetea es por algo, eso nunca había pasado.

***

Al momento del primer receso Sam y yo nos dirigimos a las afueras de la escuela donde siempre nos sentamos con nuestros demás amigos, justamente al lado de un puesto de comida, rápidamente los visualizamos y nos dirigimos hacia ellos.

- ¡Tom! ¡Cuánto te extrañé! -me abalancé sobre mi mejor amigo con entusiasmo provocando que rodemos por la grama, cosa que siempre pasa cuando nos vemos, aunque hayan pasado solo cinco minutos, Tom era la persona más alegre que puedas conocer, alto, fuerte, capitán del equipo de basquetbol de la escuela, atlético, con su pelo marrón casi rubio y ojos verdes esmeralda que inspiraban confianza a kilómetros, además de ser extremadamente apuesto, hacía reír a todos con sus ocurrencias y siempre te brinda su apoyo.

- ¡Dios mío Jade! ¡Nos vimos ayer! -me dijo riendo.

-Lo sé -reí. -Pero sabes que no puedo vivir sin ti -le hice un puchero y él rió.

- ¿Cómo vivir sin mí?

-Dios, ya sé porque Sam y tú son la pareja perfecta.

- ¡Amargada! -gritó Sam mientras se abalanzaba sobre su novio y se besaban.

- ¡Hey! ¡Sigo aquí! -me ignoraron olímpicamente así que decidí volver a donde estaban mis otros amigos.

Saludé a los demás, Ryan, capitán del equipo de fútbol americano, bastante fuerte y atlético, era de esas personas que te dan ganas de siempre abrazarlas y da los mejores consejos del mundo, cuidaba a sus amigas más que a nadie, a pesar de que era todo un mujeriego con Layla, Sam, Stacy, Miranda y conmigo Ryan era incapaz de sobrepasarse y nos respetaba como a sus hermanas, su cabello marrón oscuro combinaba perfectamente con sus ojos azules, normal que todas las chicas de la escuela buscaban por lo menos una noche de pasión con él, Layla, Stacy, ella es la de menor tamaño lo que hacía que proyectara ternura, aunque cuando se enfadaba era toda una fiera indomable, su pelo negro le llegaba hasta la cintura y sus ojos eran grises logrando atraparte en apenas un segundo, siempre se encontraba sonriendo y su risa era la más contagiosa, también estaba Miranda, tenía una estatura promedio, pelo castaño con mechas californianas que le llegaba hasta la cintura, ojos marrones y de rasgos finos, tenía curvas pronunciadas y a veces era bastante gruñona pero todo un amor de persona, siempre dispuesta a ayudar a todos. Entre nosotros nos complementamos, nos conocemos desde hace muchos años y siempre estamos ahí uno para todos y todos para uno, no me imagino sin comer de lunes a viernes con ellos y ayudarnos mutuamente en nuestras asignaciones...

Al cabo de un rato se nos unieron Sam y Tom y mantuvimos una conversación entretenida, entre bromas y risas, cosa bastante común entre nosotros, era muy difícil que mantuviéramos una conversación sin estallar en risas.

El día transcurrió normal, el típico primer día de clases, lleno de tediosas presentaciones y con profesores poniendo tareas, ¿acaso no pueden por lo menos esperar a que nuestro cuerpo se acostumbre de nuevo a levantarse temprano?

A la salida me encontraba hablando con Sam cuando Layla llegó algo agitada y me llevo con ella a la oficina del consejero escolar, no me dijo para qué era, aunque tampoco le pregunté, Layla no es muy deportista y si corrió hacia donde mí para llevarme hasta la oficina del consejero escolar es por algo, por lo que no puse objeciones.

-Richard, ¿en qué puedo ser buena? -dije con una sonrisa entrando a su oficina, el consejero escolar, Richard Maynard, tenía unos 30 y pocos años, de contextura media, pelo azabache y ojos de diferentes colores, se relacionaba con la mayoría de los estudiantes, lo que hacía que en caso de algún problema todos siempre acudían a este y él siempre solucionaba todo de una forma que nadie perdía, además, de que siempre ayudaba a las personas de último año a entrar a sus universidades de preferencia.

-Jade, dado por su gran desempeño en las asignaturas, me gustaría pedirte un favor -asentí al instante. -Que además le ayudaría con sus créditos y una buena carta de recomendación para las universidades -es imposible rechazar una oportunidad así, ¿más créditos y una buena carta de recomendación? A pesar de que cumplía con la cantidad de créditos necesaria tener extras siempre es de gran ayuda, más en el último año, es todo lo que estoy buscando, este día no puede ir mejor.

-Sí, claro, ¿qué es? -pregunté emocionada y con una enorme sonrisa a lo que Richard rió levemente.

-Me gustaría que ayude a Evan en las materias que lo requiera -dijo señalando levemente con un movimiento de cabeza. No me había dado cuenta que estaba sentado en una esquina jugando con su teléfono, cuando Richard lo mencionó levantó su mirada hacia mí e hizo una especie de sonrisa que terminó en una mueca.

-Claro, no hay problema -no puede ser tan difícil darle un par de clases al nuevo.

-Perfecto, muchas gracias Jade, ¿qué tal si charlan un rato afuera y así acuerdan los días que se juntaran y eso? Me gustaría que empiecen la siguiente semana, no quiero que Evan pierda otro año. - ¿Otro año? Sí, he de admitir que Evan no parecía para nada de 17 años, de seguro había tenido que repetir algún curso, si no supiera que está en mí mismo grado fácilmente diría que tiene algunos 21 años, pero de seguro no pasa de 19.

-Está bien. -Salí de la oficina y ahí estaba Layla junto con Sam mirándome expectantes.

- ¿Que te dijo? -preguntó Sam.

-Vi que ahí estaba el nuevo, ¿qué pasó con él? -dijo Layla.

-Me pidió que sea su tutora, nada fuera del otro mundo -dije restándole importancia.

-Enamóralo -dijo Layla.

-Viólalo -respondió Sam y se escuchó una leve risa, las tres nos volteamos, ahí estaba Evan mirándonos. -Dios mío qué vergüenza -dijo una muy sonrojada Sam. -Creo que me iré, nos vemos luego Jade.

-Te acompaño -se marchó Layla junto con Sam por el largo pasillo rápidamente, más locas que esas dos, no hay.

-Emmm, soy Evan, Evan Wonder -saludó de forma tímida, hablando entre dientes.

-Jade, Jade McKenzie, un placer -estrechamos la mano. -Dios, cuanta formalidad -me reí levemente y le di un rápido abrazo -Así está mejor, ni que esto fuera un asunto de negocios -miré a Evan esperando una respuesta, o, aunque sea una reacción, pero se encontraba estático. -Bien, ¿qué te parece si nos juntamos dos veces a la semana? lunes y jueves podría ser, no quedan muy juntos, pero tampoco muy separados, un intermedio en la semana, depende de cómo vayamos quitamos un día o lo agregamos, ¿sí?

-Sí -respondió cortante y sin ni siquiera pensar, parecía que tenía la respuesta pensada desde antes de yo empezar a hablar.

- ¿No te entorpecen esos días con nada? -pregunté y no me dijo nada. -¿No te apuntaras en alguna clase extracurricular? -Volví a preguntar buscando conversación y así aminorar el ambiente.

-No -dijo secamente sin ni una mínima expresión en su cara.

-Siempre es bueno para obtener más créditos y -me cortó.

-Te dije que no -respondió de manera cortante.

-Ah, está bien, nos vemos por ahí -respondí resignada.

Él se marchó rápidamente, con pasos firmes y mirando al frente, como si conociera perfectamente la escuela, sabiendo a donde dirigirse, que chico ni más misterioso, una gran cantidad de preguntas comenzaron a rondar por mi cabeza, las aparté, me dirigí a la salida para emprender el camino a mi casa, parece que estos créditos extras me costará más trabajo de lo que pensaba, no era muy agradable trabajar ni enseñarle a una persona que era tosca y cortante, pero todo sea por mis créditos extras y mejorar mi promedio. Me sentía con una gran curiosidad sobre este nuevo chico, como si tuviera un compromiso más allá de simplemente ayudarlo con las asignaturas, sentía como si tuviera que ayudarlo también con la forma en la que se comportaba, si seguía así fallaría en la semana universitaria, ¿Por qué de pronto me preocupaba tanto un completo extraño? Una persona que ni siquiera podía ser amable, con la que no podía mantener una conversación que no fuera con monosílabas, tosca y cortante, creo que este año no pasará tan lentamente como creía.

CAPÍTULO 3

La semana transcurrió de manera normal, el viernes no tardó en llegar junto con la tradición que teníamos mi grupo de amigos, todos los viernes nos juntábamos en "Fredo's", un restaurante que venden las mejores hamburguesas y batidas, ambientado en los años setenta, ahí charlábamos, cenábamos y después íbamos a ver una película, normalmente en mi casa o en la de Sam, ya que casi nunca había nadie y así no molestamos con nuestras locuras, aunque normalmente era en la mía ya que en la de Sam a veces estaba su hermana pequeña junto con su niñera y no podíamos hacer mucho escándalo, cosa que cuando estamos todos juntos es prácticamente imposible.

Cuando llegué a Fredo's se encontraban todos en nuestra mesa habitual y ya habían pedido las malteadas, me senté y probé mi malteada de chocolate, sin ni siquiera saludar a mis amigos, deliciosa como siempre.

-A Jade le importa más su malteada que nosotros -dijo Layla con un puchero.

-A ustedes los vi hace un par de horas, llevaba una semana sin mi malteada -contesté abrazando el vaso y todos rieron.

- ¿Vieron al nuevo? -preguntó Stacy -Estoy con él en algunas clases, es algo -paró de hablar un momento, pensando en que decir -raro -concluyó.

-Jade le dará clases dos veces por semana -habló Sam rápidamente mientras me miraba con picardía.

- ¿Enserio? -preguntó Miranda a lo que yo simplemente asentí restándole importancia -Él está para -se quedó callada.

- ¿Para? -pregunté queriendo saber.

-El pecado -su comentario hizo que todos riéramos, Miranda era de esas personas que te hacía reír a carcajadas con cualquier comentario que dijera gracias a sus expresiones.

Después de muchas risas y cenar, compramos un par de cajas de pizzas, golosinas y refrescos para pasar la noche, al llegar a mi casa no había nadie como de costumbre, soy hija única y mis padres suelen estar de viaje en sus negocios, son bastante exitosos y buenos, no son para nada desatentos, siempre me llaman y nos mantenemos en contacto, pero trabajo es trabajo y me alegra que me traten como una persona adulta y me dejen a cargo de la casa.

Todos mis amigos entraron antes que yo por lo que me quedé de última, en el momento en el que estaba en la entrada de la casa me volteé al sentir una mirada en mi espalda, había una sombra del otro lado de la calle, tenía la contextura de un hombre, al notar que lo estaba mirando se volteó y siguió caminando, le resté importancia al asunto y entré a casa. Todos se habían acomodado en la sala, algunos en los sillones, otros acostados en el suelo y la comida en una mesa que se encontraba cerca, donde no nos incomodara.

La película pasó entre risas más que sustos, ninguno nos tomamos enserio ese tipo de cosas y entre Miranda y Ryan se encargaban de hacer bromas de todo lo que pasara y hacer comentarios sarcásticos en cada momento, provocando risas y que pasáramos un rato agradable entre nosotros.

Cuando terminó la tercera película era la única que seguía despierta, me paré y tiré a la basura los restos de la comida. Sam y Tom estaban acostados en uno de los sillones individuales, Sam encima de Tom en posición fetal y éste abrazándola como si su vida dependiera de ello, se veían sumamente tiernos, tomé una frazada y la puse encima de ellos tapándolos, en el mueble estaban Layla, Ryan y Stacy, Layla y Stacy estaban recostadas de los hombros de Ryan, cogí varias sábanas y se las puse por arriba y Miranda no estaba ahí, por lo que supuse que había subido y se había acostado en alguno de los cuartos que habían arriba vacíos. Tomé una fotografía donde se veían todos y la subí a Instagram "Como cuando tus amigos se rinden en mitad de la maratón de películas y te dejan sola:(", de verdad no sé qué haría sin estos locos, sin todas esas risas que me regalan, sin todas sus locuras.

Subí a mi cuarto, ya eran casi las cinco de la mañana y tenía bastante sueño, me puse mi pijama y me acerqué al balcón, me gustaba mirar al cielo a estas horas, cuando todo el mundo estaba durmiendo y la ciudad estaba tranquila, miré al frente, la ventana de la casa de al lado que quedaba justo al frente de la mía estaba encendida, que raro, según tenía entendido la casa aún no la habían vendido, parece que estoy algo perdida últimamente. Vi una silueta moverse, las cortinas eran delgadas, parecía la silueta de un hombre, se movía de un lado a otro, como desesperado, pasaba una de sus manos por su pelo repetidamente mientras que, con la otra, si no me equivoco, sostenía un teléfono, no estábamos tan cerca, por lo que no podía escuchar lo que decía, además de que tenía su ventana cerrada. Seguí observando unos cuantos minutos, hasta que la silueta apagó la luz, de seguro se habrá ido a dormir, ¿por qué estaba esa persona tan desesperada? ¿Que lo tendrá así? Ese tipo de cosas me dan ganas de investigar a las personas, mamá dice que seré criminóloga o investigadora forense, pero es que simplemente soy muy curiosa.

Cerré las puertas del balcón y me acosté, rápidamente caí en un sueño profundo haciendo especulaciones sobre la historia de la silueta.

***

El lunes llegó más rápido de lo que esperaba, me levanté con el tiempo justo por quedarme durmiendo un rato más, algo que me pasaba siempre. Llegué a clases a las 7:55am, con el tiempo exacto para buscar mis cuadernos en mi casillero y dirigirme al aula de matemáticas.

Sam 7:56 am

¿Dónde rayos estasss??? El ogro ya está aquí CORRE

Al leer el mensaje de Sam apresuré mi paso lo más que pude, esa profesora era la más estricta de la institución y llegar tarde a su clase no era para nada bueno, después de una pequeña carrera logré llegar a tiempo al aula, aunque algo agitada.

- ¿Dónde te habías metido? -me preguntó Sam susurrando algo enojada, siempre se preocupaba por mí.

-Ya sabes como soy con los lunes -le respondí un poco sofocada como consecuencia del suceso anterior.

-Pensé que me dejarías sola con el ogro -me reí.

-Señoritas Peter y McKenzie, ¿qué les parece tan |gracioso por allá atrás? ¿Algo que quieran compartir con la clase?

-Parece que a alguien le llego el periodo -susurró Sam y le pegué levemente en el brazo intentando reprimir una risa.

-No, nada profesora, perdone -respondí antes de que Sam dijera otro de sus comentarios y nos ganáramos un castigo iniciando la semana.

-Espero que no se repita -asentimos.

La profesora siguió escribiendo en la pizarra, innumerables signos y fórmulas, definitivamente esta clase sería más que eterna.

***

- ¡Al fin! -Exclamó Sam saliendo por la puerta principal -No aguantaba ni un sólo segundo más leyendo, esa obra sólo me daba sueño.

-Eres una exagerada -le dije rodando los ojos -No era tan aburrida.

-Tu siempre de estudiante aplicada -Se burló de mí.

-Hey chicas -se acercaron Tom y Ryan a nosotras.

-Hola -saludamos al mismo tiempo.

-Iremos con los demás a la casa de Layla a comer, su madre nos invitó a todos, ¿vienen? Hará su famosa lasaña. -Dios, lasaña de la mamá de Layla, eso es uno de los placeres de esta vida.

-Claro -respondió Sam.

-Yo los alcanzo después, tengo un compromiso -Sam, Tom y Ryan me miraron extraño.

-Idiotas, le tengo que dar clases al nuevo, espero que no me dejen sin lasaña.

-Ahh -dijeron al mismo tiempo.

-Está bien, nos vemos allá, entonces, apúrate que sabes que estos acaban con todo. -habló Ryan.

- ¡Guárdenme comida! -les grité cuando ya se habían alejado un poco y ellos me hicieron unas señas que no entendí.

Me volteé hacia la entrada y ahí estaba, mirándome, sonreí hacia él y me acerqué con una sonrisa, a pesar de lo del otro día no quería que las clases fueran incómodas y haría todo lo posible para que Evan se soltara un poco más y no fuera tan seco.

-Hola -saludé.

- ¿Dónde estudiaremos? -preguntó seriamente y sin rodeos, mis ganas de hacer todo más ameno se iban agotando poco a poco.

-Emmm, estaba pensando en la biblioteca, ¿qué te parece?

-Como sea -Caminé con paso firme hacia la biblioteca, sentía sus pisadas a unos pasos más atrás de mí, al llegar busqué una mesa y puse mi mochila en esta, él se sentó tranquilamente -Bien.

-Iré a buscar unos cuantos libros -busque libros de matemáticas, literatura, física y química. -Creo que podemos empezar con estos, ¿en cuál materia tienes más deficiencia?

- ¿En todas? -me respondió de manera tímida, entre los dientes y con la cabeza gacha.

-Tranquilo, eso dejará de ser un problema -le sonreí para transmitirle calma, si había logrado que Tom sacará 9.5 en su examen de matemáticas enseñarle a Evan no será nada.

El chico comprendía rápido, preguntaba lo que no entendía y tomaba muchos apuntes, a ser sincera pensé que sería mucho más rezagado, ¿que habrá hecho que se haya retrasado tanto con sus clases? Se nota que le interesa lo que le digo, así que dudo que haya sido por dejadez, ¿que habrá pasado contigo Evan Wonder?

Le había puesto unos ejercicios de matemáticas y los había resuelto rápidamente, pero parecía que la literatura se le hacía más difícil, el hecho de producir textos y ensayos, y en este año era lo que más nos exigían, semanal teníamos que realizar varios ensayos de diferentes materias y representaban gran parte de las calificaciones, así que esa parte me preocupaba, no quería que reprobara el año ni que tuviera bajas notas.

-Mira, cuando vayas a hacer un texto, ensayo, lo que sea, primero tienes que saber de qué tipo será, y luego organizas tus ideas, identificas la principal y luego la secundaria, sería bueno que hagas un esquema o algo así para que te vayas guiando -le hice un pequeño ejemplo. -Y luego lo conectas con nexos cuando vayas a redactar y abundas un poco más, pero tienes que tener claro tus puntos principales, ¿sí?

-Entiendo esa parte, ¿vale? No soy idiota -dijo con altanería.

-No dije eso Evan -dije pacientemente.

-Lo insinuaste -me miró directamente a los ojos, esos profundos ojos pardos que me atraparon por un segundo, cerré los ojos con fuerza y aparté la mirada.

-No, sólo te intenté explicar de una forma para que entiendes, ¿vale? -le dije con un pequeño tono de molestia.

-Lo siento -agacho la cabeza y me sentí algo mal por el tono con el que le hablé.

-No importa -respiré profundamente. -Dime, ¿que no entiendes? -respondí con más paciencia ahora.

-Nunca lograré hacer eso -tenía un tono de frustración y se desordenó el pelo con las manos, por un momento me recordó a la silueta, pero aparte ese pensamiento rápidamente de mi mente.

-Lo dejaremos aquí -miré mi teléfono, 7 llamadas perdidas, 175 mensajes de 15 chats, 6:56pm. -Dios, se me pasó el tiempo volando.

- ¿Qué hora es?

-Las 6:56.

-Joder -dijo entre dientes.

- ¿Qué pasó?

-Nada, me tengo que ir.

-Está bien, yo también, nos vemos el jueves.

-Ok.

Vi cómo se alejaba y salía por la puerta, este chico sí que era raro. Recogí los libros, los devolví a sus respectivos lugares, me despedí de la bibliotecaria y caminé hacia la salida mientras revisaba mi teléfono, las llamadas perdidas eran de mis amigos al igual que los mensajes.

Grupo de WhatsApp - #TMC

Sam: ¿llegaron todos bien?

Layla: tengo más hambre

Ryan: Ryan se va a dormir

Tom: preciosa, sí

Stacy: bai

Layla: ya cállense

Sam 4:01pm

¿vas a venir?

4:34

los muchachos acabaron con TODO

5:27

cuidado con lo que haces por ahí

6:43

USA PROTECCIÓN

6:53

avisa cuando llegues a casa

Tom 5:44

enana, tenemos que hablar

Yo 7:03

cuando llegue a casa te llamo

Stacy 3:25

te vigilo

imagen adjunta

Definitivamente mis amigos no eran normales, respondí por el grupo que ya me iba a mi casa y le respondí a Sam lo mismo, Stacy me mando una imagen donde salíamos Evan y yo hablando, lo cual me causo mucha risa, ni siquiera estábamos muy juntos y ya estaban especulando.

De camino a mi casa me encontré con Evan caminando por la acera, paré el coche y bajé la ventanilla.

- ¿Te llevo? -él giró su cabeza hacia mí, me miró extrañado, revisó su reloj y entró al coche. - ¿Dónde vives? -pregunté poniendo el coche en marcha.

-Después de dos calles a la izquierda, no me sé el nombre bien -me quedé pensativa, esa era la calle donde vivía, ¿es posible que Evan sea la silueta? De hecho, encaja con el perfil, además de que se desordena el pelo a menudo y es muy misterioso, y si le agregamos el hecho de que vive en la misma calle que yo y conozco a todos mis vecinos...

-Esa es la Hemingway -respondí después de un rato, me perdí pensando, se me había olvidado que Evan estaba a unos cuantos centímetros de mí.

-Sí, esa misma.

- ¿Cuál número? -Si decía el número 13 entonces Evan es la silueta, porque la casa número 13 es la que queda al lado de la mía.

-El 13 -misterio resuelto, Evan es la silueta, ¿que lo tendría caminando de un lado para otro a las cinco de la mañana?

-Parece que somos vecinos -giré a la izquierda y ahí estaba la 13, detuve el coche.

- ¿Dónde vives?

-En la 15, justo al lado, cualquier cosa que necesites, ya sabes dónde encontrarme -sonreí amablemente,

-Oh, gracias -abrió la puerta y salió rápidamente.

Seguí lo que me quedaba de camino y aparqué el coche, entré en casa y dejé las llaves en la entrada. Subí hasta mi cuarto, me bañé, me puse ropa cómoda y me acosté en mi cama, estaba sumamente cansada, me dolía la espalda y el cuello, mis ojos se fueron cerrando lentamente.

"No lo esperaba, pero pasó"

CAPÍTULO 4

Sentí como mi cama vibraba, me restregué los ojos y me di cuenta que era mi teléfono, me estaban llamando, en la pantalla decía "Tommy", joder, se me olvidó llamar a Tom.

- ¿Tom? -bostecé.

-Me iba a morir esperando por ti.

- ¿Qué hora es?

-Son las 10 Jade -dijo en forma de reproche.

-Lo siento, me quedé dormida, ¿qué pasó? -dije restregándome los ojos.

-Ese chico, Jade

- ¿Evan?

-Él mismo, no me agrada.

-No somos amigos Tommy, tranquilo, solo es por los créditos extras.

-Dices eso ahora, pero te conozco, él no es muy sociable y tú sí, y tú, tú -suspiró. -Tú eres muy buena.

-Tranquilo, no me pasará nada.

- ¿Piensas ser su amiga?

-No sé Tom, uno no piensa si será amigo de alguien, simplemente surge.

-Hazlo por mí.

-Está bien Tommy.

-Te quiero, duerme bien.

- ¿Era solo eso?

-Sí, me preocupo por ti, soy el mejor amigo que puedas desear -reí levemente.

-Yo también te quiero tonto, duerme bien.

***

Cuando la interminable hora de física llegó a su final me sentí bastante aliviada. Salí del aula y caminé hacia la cafetería para comprar mi almuerzo y de ahí me dirigí hacía el patio, donde me juntaba con mis amigos. Tomé asiento donde siempre nos sentábamos y saludé a Sam, Ryan, Miranda y Stacy.

-Jade -volteé al escuchar mi nombre y me encontré con Evan, su típico semblante serio y una carpeta en su mano derecha.

-Hey, Evan, ¿cómo estás?

-Toma -me tendió la carpeta y lo miré extrañada, tomé la carpeta y él se volteó.

-Evan -lo llamé, pero no se volteó, me paré y caminé hasta quedar frente a él - ¿Qué es esto?

-Es un ensayo que intenté escribir anoche, mañana tengo que entregar uno para la clase de geometría y me gustaría que me dijeras qué te parece -dijo tímidamente mientras con una mano se desordenaba el pelo demostrando nerviosismo.

-Genial -abrí la carpeta y comencé a leer.

-Puedo esperar a la salida, o que comas primero.

-No te preocupes -respondí sin levantar la cabeza, era realmente bueno, tenía algunos fallos ya que saltaba de temas a otros sin concordancia, pero con un pequeño reajuste de orden se arregla fácilmente.

- ¿Qué te parece? -preguntó al cabo de unos minutos.

-Sabía que tenías potencial -le dije sonriendo.

- ¿Te gustó? -esbozó una pequeña sonrisa.

-Me encantó, sólo tienes que reorganizar los párrafos de nuevo, saltas de un punto a otro de repente, pero tienes la idea, si quieres podemos trabajar en ello hoy ya que me dijiste que era para mañana, ¿te parece bien?

-No quiero molestar.

-No molestas, a la salida en la biblioteca, ¿vale? -él asintió. -Nos vemos a la salida -sonreí en forma de despedida y él se marchó con su semblante serio, un momento mostraba una pequeña emoción y al otro estaba completamente serio, ¿por qué? ¿que lo había hecho ser así? Cada vez que hablaba con Evan tenía más preguntas sobre él. Volví a donde estaba sentada para así terminar mi comida.

- ¿Qué quería? -preguntó Tom con la mandíbula apretada.

-Ayuda con un ensayo, nada del otro mundo -dije restándole importancia.

-Pero duraron ayer hasta tarde estudiando, ¿o no? -levanté la mirada de mi plato hacia Tom que se encontraba frente a mí.

-Si Tom, duramos ayer hasta tarde estudiando, pero le asignaron un ensayo de geometría para mañana, ensayo por el cual deberías de estar preocupándote en vez de lo que hablo o cuánto tiempo paso con Evan, y para tu información, hoy también lo ayudaré -recogí mis cosas y tomé mi mochila algo enojada.

-Nena -Tom agarró mi brazo y yo lo miré.

- ¿Que?

- ¿Enserio estamos discutiendo por él?

-No Tom, no estamos discutiendo por Evan, estamos discutiendo por los estúpidos prejuicios que tienes de repente sobre Evan.

-Jade.

-No sigas empeorando este asunto.

Quedaban 10 minutos de receso, pero no tenía los ánimos para hablar con nadie, así que me dirigí al aula que me tocaba después de receso.

No hay cosa que me enoje más que los prejuicios, que Tom piense que Evan es una mala persona o que me vaya a hacer daño por el simple hecho de que no habla con nadie de que su forma de vestir es diferente y su peinado un poco alocado, por decirlo de alguna manera, eso no define su personalidad, son estereotipos del "típico chico malo que te rompe el corazón" pero ¿quién es él para juzgarlo? Tom no lo conoce, y es eso lo que me enoja, que esté juzgando sin conocer.

- ¿Qué te tiene tan pensativa? -me sobresalté y vi a Evan sentándose a mi lado con una sonrisa de lado, miré a mis lados extrañada, ¿Evan sonriendo? Ni siquiera sabía qué decir, sentía como si las palabras no salieran. - ¿Qué pasó? ¿Te comió la lengua el gato? -reí levemente y negué con mi cabeza.

-Sólo pensaba en que muchas veces las personas hablan sin saber y eso me enoja, nada importante, cosas mías -sonreí.

-Linda sonrisa -dijo seriamente.

-Gracias Evan -me quedé mirándolo intentando descifrar su mirada, ¿porque de repente se había acercado a mí, me había hablado y hasta me había halagado? Cuando en previas ocasiones ni un "gracias" me respondía, pero su mirada no me decía nada, sus ojos pardos no me decían nada, no expresaban ninguna emoción.

De repente él se paró y se sentó en la silla de atrás, me volteé extrañada y a los pocos segundos Sam se sentó donde él había estado, miré hacia donde él estaba ahora sentado y le sonreí levemente a lo que el asintió, miré a Sam que me miraba de forma extraña.

-Tom se pasa a veces.

-Sam, sabes que no me gusta que te enojes con él por nuestros problemas.

-No me enojé con él, pero tú tienes razón.

-Olvídalo Sam, tú mejor que nadie sabes que Tom y yo no podemos durar mucho tiempo peleados.

- ¿Eso significa que me perdonas? -Tom estaba parado a mi izquierda, ni siquiera me había dado cuenta en qué momento había entrado al aula.

-Tom -suspiré. -No juzgues sin conocer, ¿vale?

-Por ti -me besó en la frente, siempre se despedía así, a pesar de que teníamos la misma edad él me trataba como su hermana menor. -Nos vemos luego preciosas, ya voy tarde a mi clase -se despidió y se fue.

-Ahora mismo me pusiera celosa si no fuera porque ustedes son mejores amigos y tú eres mi mejor amiga.

- ¿Yo? ¿Con Tom? Ni, aunque fuera el último hombre en la tierra -dije exageradamente, Tom no era para nada feo, de hecho, era bastante apuesto, con unos hermosos ojos verdes esmeralda, pelo castaño casi rubio y un cuerpo de envidiar, pero es mi hermano, mi hermano mayor Tom.

-Ojalá tú -hice una seña de asco y Sam rió.

La profesora entró haciendo que Sam y yo termináramos nuestra conversación.

-Chicos, como este es su último año se les asignará por parejas un bebé de juguete pero que funciona como uno normal para que por un mes se hagan cargo de éste, como ustedes aquí ninguno vive junto deberán de turnarse y cuidar de él como si fuera un bebé de verdad, cuando me entreguen el bebé al cabo de un mes este tiene que estar en perfectas condiciones y quiero un informe detallado día por día de su experiencia de forma grupal, ¿entendido? -todos dijeron sí al unísono. -Bien, las parejas serán chico-chica.

-Profe, ¿y si soy lesbiana? -preguntó Sam haciendo que todos se rieran y la profesora la mirara raro -Me gustaría hacerlo con mi pareja -me abrazo y casi no podía contener la risa, pero tuve que mantenerme seria.

-Bueno -la profesora nos miró raro. -Igualmente serán con parejas de diferentes sexos.

Todos en el aula siguieron riendo y después la profesora hizo los grupos, hubiese sido genial que me hubiese tocado con Sam, ella y sus locuras siempre me hacían reír.

-Wonder y McKenzie, vengan a buscar su hijo - ¿Wonder? vi como Evan se paró y fue a buscar a nuestro hijo, se paró a mi lado y me miró.

-Tenemos que ponerle un nombre, ¿no?

-Como es niño podría ser -pensé un momento.

- ¿Niño? -lo miré y me reí.

-No soy buena para los nombres, así que sí, Niño.

***

A la hora de la salida me dirigí a la biblioteca y ahí estaba Evan con un libro y "nuestro hijo" me senté frente a él y le sonreí.

-Bueno, vamos a repasar el ensayo, ¿hiciste el diagrama que te dije para desarrollar tus ideas?

-A sinceridad no, me parecía una pérdida de tiempo.

-Si lo hubieses hecho no tendrías que ahora hacerlo de nuevo, ¿no crees? -me miró y rió levemente. - ¿Por qué te ríes?

-No es nada.

-Esto es serio.

-Lo sé, perdona -tenía una sonrisa traviesa y un brillo especial en sus ojos, un brillo nuevo, un brillo que hacía que no pudiera despegar mi mirada de la suya, un brillo único y que logró atraparme completamente. - ¿Qué pasa Jade? -negué levemente y sonreí.

-No, nada.

- ¿Todo bien? -asentí, de hecho, más que bien pensé.

-Bueno, vamos a esto.

Después de apenas 30 minutos trabajando en el ensayo a Niño se le ocurrió ponerse a llorar.

-Evan, haz que tu hijo haga silencio -le dije susurrando.

-No se quiere callar -dijo mientras lo mecía.

-Si no pueden hacer silencio tienen que salir -no sé en qué momento la bibliotecaria se paró de su asiento y se puso frente a nosotros, pero ahí estaba, echándonos de la biblioteca gracias a Niño. Salimos de la biblioteca y automáticamente el bebé dejó de llorar.

-Que oportuno -dije con sarcasmo y me reí. -Creo que lo mejor será estudiar en tu casa o en la mía -propuse como alternativa, no quería que entráramos de nuevo y que Niño volviera a llorar provocando que nunca más nos dejen entrar a la biblioteca.

-La tuya -respondió rápidamente.

-Está bien.

Caminamos hasta el parqueo, Evan llevaba cargado a Niño de una forma muy peculiar, de seguro tiene algún hermano pequeño, se le ve que tiene destreza con ese tipo de cosas, sobre todo en la forma en la que lo estaba calmando en la biblioteca. Entramos a mi coche y emprendí el camino a mi casa, en la radio sonaba una canción de Maroon 5, No quiero saber y la tarareaba.

-No quiero saber, saber, saber, saber, quien te está llevando a casa, casa, casa, casa -Evan subió el volumen de la canción y cantó junto a mí con bastantes ánimos, de hecho, cantaba bastante bien, se veía relajado, lleno de paz, tranquilo, mientras cantaba y tenía los ojos cerrados.

-Me encanta esa canción -dijo cuándo se acabó.

-A mí también, las canciones de Maroon 5 son pegadizas, pero también tienen mensajes muy profundos -agregué, él me miró algo sorprendido y yo me reí. - ¿Qué pasa?

-Pensé que eras más, no sé, de One Direction -me reí. - ¿Qué te causa tanta gracia?

-Me gustan algunas de sus canciones, pero también Maroon 5, tengo un gusto muy variado de música.

-Eso puedo apreciar -me sonrió levemente y le devolví la sonrisa.

"El que no arriesga no ama"

CAPÍTULO 5

- ¿Deseas algo de tomar o de comer? -él negó suavemente con la cabeza, seguramente por la timidez, se sentó en la sala y me dirigí a la cocina, tomé varios paquetes de galletas y de dulces junto con dos latas de soda y las puse en la pequeña mesa que estaba junto al sofá en el cual estaba sentado Evan, yo tomé asiento en el suelo frente a la mesa.

- ¿Porque te sientas en el suelo? -me encogí de hombros.

-No sé, me gusta.

- ¿Te quedarás hoy con Niño?

-Por mí está bien, ¿seguro que no quieres? -le dije refiriéndome a la comida -No seas tímido Evan, ¿qué tal si nos tomamos un descanso? -él me miró fijamente y al cabo de unos segundos noté como relajó sus músculos.

-Creo que necesito un descanso -lo miré y sonreí.

-Come, la comida siempre ayuda.

- ¿Tratas de hacerme engordar? -me miró y alzó una ceja provocando que me riera.

-Exactamente, descubriste mi plan -él sonrió y tomó un puñado de dulces.

- ¿Cómo logras mantenerte en forma si no haces ejercicio? -pregunté.

- ¿Cómo sabes que no hago ejercicio?

-Mmm -pensé. -No estás en ningún equipo de la escuela ni nada de eso.

-Una cosa es que no haga ejercicio en la escuela, y otra es que nunca haga ejercicio, este cuerpo no se mantiene sin nada de ejercicio -respondió con una sonrisa pícara a lo que yo reí. -Ríes mucho -me dijo mirándome fijamente.

- ¿Por qué no reír? -su semblante se puso más serio de lo normal y se paró rápidamente tomando su mochila. -Evan -salió de la casa y lo seguí. - ¡Evan! -se volteó y caminó hacia mí hasta quedar a escasos centímetros.

-Déjame en paz -lo dijo de una forma lenta y amenazante provocando que retrocediera varios pasos.

Lo vi entrar a su casa y darle un portazo a la puerta, ¿qué había dicho mal? Tal vez Tom tenía razón, no podía intentar llevarme bien con todo el mundo, ¿por qué había reaccionado así? No lo había ofendido y sólo estaba intentando que charláramos normal, ¿por qué se puso así cuando dije eso? Tal vez Tom tiene razón, no puedo pretender llevarme bien con todo el mundo ni agradarle a todo el mundo, nos ceñiremos a una relación estrictamente estudiantil, aunque, ¿a quién engaño? Sé que seguiré intentando que cambie, conocerlo, que me exprese sus sentimientos y pensamientos, soy un caso perdido.

Recogí lo que había en la mesa, tomé el bebé junto con mi mochila y me dirigí a mi cuarto. Dejé el bebé en una esquina de la cama y mi mochila encima de mi escritorio, me senté frente a este dispuesta a terminar mi ensayo de geometría. Junto con mi ensayo estaba el de Evan sin terminar, ¿se lo llevo? No lo quiero ni ver, y dudo que después de cómo él se puso quiera verme ¿lo termino por él? No se lo merece, pero, ¿qué puedo hacer?

Terminé mi ensayo y tomé el de Evan, lo leí y lo transcribí a otra página organizando mejor las ideas, puse su nombre en la parte superior de la hoja y guardé los dos ensayos en mi mochila para que no se me quedaran mañana junto con un par de cuadernos.

Alimenté a Niño, le saqué los gases, cambié su pañal y lo acosté de nuevo para que no me molestara mientras leía. Me senté en el balcón de mi cuarto a leer tranquilamente, así conseguía relajarme y olvidarme por un momento de Evan, no sé qué tenía que no podía dejar de pensar en él, en lo enigmático y bipolar que podía llegar a ser, en sus hermosos ojos cuando adquieren ese brillo tan especial que me hipnotiza, brillo que lamentablemente solo había podido admirar una vez, Evan sabe muy bien ocultar sus sentimientos y no expresar nada con sus ojos, ¿qué escondería detrás de ellos? ¿Por qué había reaccionado así? Por mucho que quisiera no podía dejar de pensar en él, no podía concentrarme en el libro, tenía miles de incógnitas rondando por mi cabeza y ni una sola respuesta, ni siquiera una pista.

De repente me sentí observada, miré hacia el frente y vi a Evan observándome desde lo que supuse es su cuarto, pensé que apartaría la mirada, pero en vez de eso salió al balcón de su cuarto y se recostó de la barandilla, me paré e imité su acción.

-Lo siento Jade, no tenía que ponerme así contigo, comprendo si no quieres hablarme o si quieres suspender las tutorías -bajó la cabeza al final de su disculpa, se mostraba arrepentido, otro enigma de Evan, otra cosa que no lograba entender, mi orgullo no quería dejarme perdonarlo, ni siquiera hablarle nunca más, si hay un defecto que tengo es que soy bastante orgullosa, pero mi corazón, mi corazón quería correr hacia él y abrazarlo, decirle que todo iba a salir bien, que me contara cada uno de sus secretos y para así yo poder comprenderlo y ayudarlo. -Jade, dime algo, por favor, eres la única persona que, a pesar de mi apariencia, de mi actitud, sigue hablándome -bajó la cabeza de nuevo, lo miré detenidamente y suspiré, tenía tantas ganas de consolarlo y pedirle disculpas yo a él a pesar de que no había hecho nada, pero hacerlo por las personas que lo habían hecho ser así.

- ¿Por qué te pusiste así? -sus facciones se tensaron.

-Me acordó a una parte no muy agradable de mi vida -me dieron unas tremendas ganas de abrazarlo y decirle que todo saldrá bien.

-Lo siento -quería acortar la distancia entre nosotros y darle un abrazo, no me gustaba ver a las personas así.

-No tienes porqué disculparte, yo simplemente no actué de forma madura, es algo que estoy intentando cambiar.

-Está bien, no te preocupes Evan -le sonreí y él me devolvió la sonrisa.

- ¿Cómo está Niño? -preguntó al cabo de unos segundos, cuando ya había dado la conversación por terminada.

-Bien, le di comida y lo acosté hace un rato.

-Que bien.

-Por cierto, se te quedó tu ensayo aquí.

-Joder -dijo entre dientes. - ¿Podrías devolvérmelo? Quiero terminarlo.

-No tienes por qué preocuparte -dije con la cabeza gacha.

- ¿Lo terminaste por mí?

-Ya lo tenías hecho, era sólo ajustar un poco las ideas, no me tomó mucho tiempo, no te preocupes.

-Oh mi Dios, muchísimas gracias enserio.

-No hay de qué.

-De alguna forma tengo que pagarte.

-No hace falta Evan, enserio, no lo hice por dinero ni nada por el estilo.

-Lo sé, lo hiciste por tu gran bondad -ese comentario hizo que me sonrojara. -Mañana, tú, yo, Fredo's, ¿qué te parece?

- ¿Me estas invitando a salir?

-Eh -se sonrojó y yo me reí levemente. -Es agradeciéndote.

- ¿A qué hora?

- ¿Qué te parece a las 8?

-A las 8 será, hablamos mañana Evan, buenas noches.

-Buenas noches Jade.

Entré a mi cuarto, cerré la puerta del balcón y las cortinas, hice mi rutina diaria de la noche y me acosté en mi cama, ¿eso se puede considerar una cita? Si le digo a las chicas de seguro enloquecerán y dirán que es una cita, pero es un simple agradecimiento, no puede ser considerado una cita.

Miré la hora en mi teléfono 9:04pm era bastante temprano y aún no tenía sueño así que me puse a contestar varios mensajes de mis amigos.

Grupo de WhatsApp - #TMC

Yo: holaaa

Sam: hasta que apareces

Tom: yo ni nada te diré ya

Layla: ¿dónde estabas? no te encontré en la biblioteca

Yo: en mi casa

Stacy: OH MI DIOS ¿CON EVAN?

Yo: Si

Ryan: mmm interesante

Tom: increíble

Miranda: Jade no pierde tiempo

Yo: era estudiando, Dios mío.

Sam: claro, de la manera en la que Tom y yo estudiamos, ¿verdad?

Layla: Ugh, no quería saber eso

Yo: yo tampoco

Miranda: NADIE

Yo: Simplemente vinimos a mi casa porque el bebé que nos dieron no dejaba de llorar, además no duró mucho aquí

Sam: te vigilo señorita McKenzie

Miranda: te vigilamos

Layla: todos

Sam: me iré a dormir, cosa que ustedes deberían de hacer también

Tom: está bien mamá

Yo: creo que seguiré tus pasos mami

Sam: qué graciosos todos ustedes

Miranda: buenas noches mis amoresss

Ryan: sueñen conmigo

Layla: hasta mañana suricatass

Sam 9:34 pm

-Cuéntame TODO

-Él es muy raro, estábamos charlando hice un comentario inofensivo y se puso como loco, se fue hecho una furia a su casa

- ¿Dónde vive?

-Es mi vecino de al lado

-Bien calladito te lo tenias

-No es nada importante

-Sigue contando, algo me dice que hay más

-Bueno, cuando se fue recogí todo y él había dejado su ensayo de geometría aquí, hice el mío y terminé el suyo, estaba hecho, era solo arreglarle unas cuantas cosas

-Me siento celosa

-Después me senté en el balcón a leer y ahí estaba él, en su cuarto, mirándome, se disculpó conmigo y saldremos mañana

-TIENEN UNA CITA -sabía que Sam diría algo así.

-No exactamente, él me dijo que era para recompensarme por haberle ayudado con el ensayo

-Es totalmente una cita

-No lo es

- ¿A qué hora quedaron?

-A las 8

-Mañana iremos las chicas y yo a tu casa, tienes que verte perfecta -lo sabía, convertirían mi cuarto en un desastre, pero de seguro me harían ver mejor que nunca, pero sin que pareciera que me hubiera esforzado mucho.

-No es una cita

-Si lo es, buenas noches

-Buenas noches Sam

Visto por Sam a las 10:19 pm

Conecté mi teléfono y me acosté mirando hacia el techo, ¿podía considerarlo como una cita? No quería ilusionarme, solía ilusionarme con este tipo de cosas muy rápido, y al final me aburría en las citas o sentía todo muy monótono, pero Evan, Evan tiene ese algo, algo que no puedo explicar con palabras, algo que me deja sin aliento, algo que hace que no pueda dejar de pensar en él a cada momento de mi día, algo que me tenía prácticamente loca, algo, algo que no tenía la más mínima idea de lo que era, pero quería averiguar qué era ese algo, quiero conocerlo a fondo, conocer a Evan Wonder como nunca nadie lo había hecho, además de que es muy atractivo, esos son puntos extras, pero lo que me tiene pensando en él no es su pelo azabache ni sus ojos pardos, es su misteriosa personalidad, es su sonrisa juguetona, es el brillo que adquieren sus ojos cuando aleja todos los pensamientos y sentimientos que lo han hecho ser así y simplemente se vuelve otro adolescente.

Pero, a juzgar por la forma en la que reaccionó de seguro era una cita, creo que me podía ilusionar, tenía una cita con Evan Wonder, por el que ahora todas las chicas suspiraban, el nuevo rompecorazones, el que se había adueñado de mis pensamientos en estos últimos días, me permití emocionarme y sentirme ilusionada.

CAPÍTULO 6

Sam, Layla, Stacy y Miranda llevaban casi una hora sacando toda la ropa de mi armario para elegir "el outfit perfecto" para mi "cita" con Evan.

-Chicas, no es una cita -les dije por decimosexta vez. Llevaban repitiendo desde la segunda hora de clases, cuando les conté, que era una cita en toda regla, y en verdad, eso me emocionaba.

-Oh vamos -dijo Stacy. -Es una cita en toda regla y te encanta la idea. -Ese comentario hizo que me sonrojara levemente.

-Creo que Jade no necesitará colorete hoy -mencionó Miranda haciendo que me sonrojara aún más.

-Creo que encontré el conjunto perfecto -dijo Layla y todas fueron a ver menos yo.

-Es perfecto -dijo Sam.

-Me encanta -agregó Miranda.

-Dice Jade por todos lados -finalizó Stacy.

Al momento de verme en el espejo quedé sorprendida con la Jade que vi, me veía segura, no era muy exagerado pero tampoco pasaba desapercibida, mi pelo se encontraba suelto y perfectamente peinado en ondas en las cuales Sam había invertido una hora completa, mi maquillaje era sencillo y este si pasaba desapercibido, simplemente no me gusta la sensación de tener una capa en la cara, pero era el conjunto lo que más me gustaba, una blusa holgada negra, jeans rasgados y unas cómodas zapatillas, no era nada del otro mundo, pero me representaba y lograba que me sintiera cómoda.

-Gracias chicas, las amo -dije abrazando a todas. - ¿Qué hora es?

-7:56 -respondió Sam.

-Oh Dios, tiene que estar a punto de venir -dije nerviosa.

-Tranquila, todo saldrá perfecto -me calmó Layla. Bajamos las escaleras y en ese mismo instante sonó el timbre.

-Estaremos todas aquí para cuando vengas -dijo Miranda mientras Miranda me retocaba un poco el colorete.

-Así nos cuentas todo con lujo de detalles -agregó Sam emocionada colocando mis rizos con cuidado de nuevo.

-Las amo nenas -les dije.

-Cuídate -finalizó Stacy.

Abrí la puerta y ahí estaba él, me sonrío tímidamente, llevaba unos jeans rasgados y una camiseta pull&bear junto con unos tenis Adidas, se veía genial, gracias a que la camiseta era manga corta se veían los tatuajes que tenía en sus brazos, tenía bastantes por lo que hacía que sus brazos se vieran negros, pude identificar pequeñas frases, letras en musulmán, el símbolo de ohm, una hermosa rosa, entre otros, me quedé mirándolos por tanto tiempo que olvidé que él seguía ahí, me miraba extrañado y yo me sonrojé, cerré la puerta y me puse al lado de él.

-Hola -saludé con una sonrisa como siempre.

-Estas preciosas.

-Gracias, tú por igual -no mentía, se veía completamente atractivo, se notaba que tenía su propio estilo y le quedaba a la medida. - ¿Vamos? -me tendió su brazo.

-Vamos -lo entrelacé.

- ¿Te gusta caminar?

-Depende de la situación.

-En esta situación.

-Sería un placer. -empezamos a caminar hacia donde se encontraba Fredo's, la noche era fresca y el barrio se encontraba tranquilo.

-Me sorprendes Jade -lo miré extrañada, tú sí que me sorprendes Evan, eres toda una caja de sorpresas.

- ¿De buena manera?

-De increíble manera -dijo con una pequeña sonrisa traviesa en sus labios.

- ¿Por qué?

-No creía que te gustara caminar.

-Cómo te dije, todo depende de la situación.

-Sé que soy una compañía excepcional.

-Lo eres señorito Wonder.

-Al igual que usted señorita McKenzie -no hablamos por unos minutos hasta que Evan rompió el silencio. -Me di cuenta que estabas viendo mis tatuajes, ¿te gustan?

-Siempre he querido hacerme uno, pero me da miedo -reí levemente.

-Las personas suelen exagerar, no duele tanto.

- ¿Que significan?

- ¿Cuál de todos? -rió levemente.

-La rosa -esta abarcaba su antebrazo derecho casi completo y tenía muchos detalles, se notaba que había sido un arduo trabajo.

-Me la hice hace un par de años, después de un suceso fuerte en mi vida - ¿Cuál habrá sido ese suceso? Tenía bastante curiosidad y me daba ganas de preguntar, pero no quería que pasara lo mismo de ayer. -La rosa sin las espinas, la flor, representa que hay cosas bellas en la vida, para mí, es mi madre, mi tía y mi hermana - ¿Y su padre? ¿No se hablan? -Y las espinas, son todas las asperezas, los malos ratos, los recuerdos dolorosos que nos hacen ser como somos.

-Pero ocupa más espacio las espinas que la flor -señalé, más para mí misma que como comentario hacia él.

-Porque he pasado por más asperezas que buenos ratos -su semblante se puso serio y me arrepentí inmediatamente de haber dicho eso.

- ¿Y la brújula? -pregunté intentando cambiar el tema y aminorar el ambiente, Evan cambió la cara y sus facciones se relajaron.

-Significa las idas y venidas de la vida, y los elementos que contamos para dar rumbo a nuestras vidas, me recuerda a donde quiero llegar y qué camino he de tomar -simplemente me quedé impresionada y no seguí preguntando, Evan sabía bien lo que quería, lo que desea hacer, pero había algo que lo perturbaba enormemente, y tenía un presentimiento que no era algo pequeño, tiene que ser algo que lleva detrás de él muchos años.

Seguimos caminando en silencio, pero no en un silencio incómodo, un silencio agradable, no hacía falta hablar, su presencia me bastaba para sentirme reconfortada y bien, la presencia de Evan me hacía sentir bien.

-Henos aquí -dijo Evan abriéndome la puerta del local, llegamos antes de lo que esperaba, parece que me había quedado sumida en mis pensamientos.

-Gracias -respondí cortésmente.

- ¿Dónde te gustaría sentarte? -examiné todo el lugar hasta que visualicé una mesa que se encontraba en una esquina algo apartada, quería hablar tranquilamente con Evan.

- ¿Qué te parece en esa esquina?

-Perfecto -caminamos hacia la mesa y nos sentamos uno frente al otro.

-Bienvenidos a Fredo's, aquí están sus menús -una de las camareras del local nos dio un menú a cada uno.

- ¿Una ensalada para la señorita? -preguntó Evan mirándome con una risa juguetona.

-Nop -respondí enfatizando en la p. -Quiero una hamburguesa con extra de queso y extra de tocineta, papas fritas, un servicio de nachos y una malteada de chocolate grande, por favor. -Evan me miró boquiabierto, sí, me encanta comer y el hecho de que esto sea una cita no hará que me quede con hambre.

- ¿Y el señor?

-Lo mismo por favor.

-En un momento les traigo sus órdenes -recogió los menús y se marchó.

- ¿Enserio te comerás todo eso?

-Claro, siempre que vengo pido lo mismo.

- ¿Vienes mucho por aquí?

-Todos los viernes con mis amigos, es nuestra tradición.

- ¿Tienen mucho conociéndose?

-Bastante, conozco a Sam desde que tengo 6 años, y a los demás desde los 12, a esa edad nos hicimos un grupo, salíamos a todos lados juntos, no tenemos secretos entre nosotros, somos bastante unidos, a veces peleamos, pero suelen ser cosas sin importancia.

- ¿Y Tom? ¿Es tu novio? -me reí a carcajadas y Evan parecía no entender el porqué de mi risa.

- ¿Yo? ¿Con Tom? -dije entre risas. -No, Tom es mi mejor amigo, y es novio de Sam desde hace casi dos años ya.

-Es que como los vi muy amorosos.

-Es normal, todos pensaban que Tom y yo seriamos novios, y cuando salió a la luz de que su novia era Sam nadie se lo creía y pensaban que no durarían mucho.

-Ellos hacen linda pareja.

-Sí, y se aman muchísimo, pero dejemos ese tema, háblame de ti, ¿con quién vives?

-Vivo con mis tíos -iba a preguntar porque no vivía con sus padres, pero recordé su reacción de ayer, no quería que se pusiera así o peor. - ¿No vas a preguntar por qué no vivo con mis padres?

-No quiero que te pongas como ayer.

-Lo siento -bajó la cabeza, hacía mucho eso, no tenía por qué, además me encanta ver sus ojos.

-No, deja de disculparte Evan, está bien, ya hablamos de eso -me miró, parecía como si me iba a responder, pero no dijo nada, agachó la cabeza de nuevo por unos segundos y la volvió a levantar, su mirada había cambiado, ese brillo, ahí estaba de nuevo ese brillo que tanto me encantaba, automáticamente sonreí.

-Tengo dos hermanos y una hermana, mis hermanos viven en Inglaterra, son mayores, están casados, mi hermana tiene apenas 3 años -paró de hablar por un momento y negó con la cabeza. -Bueno, en realidad no es mi hermana, es mi prima, pero la amo como a una hermana, la vi nacer y soy su padrino, me encanta pasar tiempo con ella, me hace olvidar mi pasado, lo malo, me hace sonreír sin necesidad de fingir. -Su pasado, lo malo, ¿qué te pasó Evan? ¿Qué te hizo ser así? Esas preguntas quemaban en mi garganta, quería hacerlas, pero sabía que no era correcto, no era el momento.

- ¿Cómo se llama?

-Anne -dijo su nombre con suma dulzura y con una sonrisa.

-Por como hablas de ella se nota cuanto la amas.

- ¿Tienes hermanos?

-No, soy hija única.

- ¿No te sientes rara?

-La verdad no, a pesar de que mis padres viajan mucho y casi nunca están en casa, Sam es como mi hermana, ella casi siempre está en mi casa, y cuando no es ella es alguno de mis amigos, o el grupo completo, además, mis padres comenzaron a viajar períodos tan largos después que cumplí 16.

- ¿Cuántos años tienes?

-17, ¿y tú?

- ¿De cuántos parezco?

-Yo diría que entre 18 y 19.

-18 -la camarera llegó con nuestros servicios y los colocó en la mesa.

-Espero que disfruten su comida, cualquier cosa me llaman.

-Gracias -dije.

-A la orden -se marchó.

Dejamos de hablar para comer, estaba deliciosa como siempre, saqué mi teléfono y tomé una foto, en esta salía Evan mirando hacia la hamburguesa con ella en sus manos, era bastante cómica, se veía tan relajado, tan natural, sin preocupaciones y miraba a la hamburguesa como si fuera lo más bello del mundo.

-Déjame verla -negué con la cabeza. -Por favor -hizo un puchero y le tomé otra foto, se veía sumamente tierno. - ¡Jade! -dijo en forma de reclamo y se paró de su silla

- ¡Evan! -respondí de la misma forma riendo e imité su acción.

-Así que quieres guerra.

- ¿Qué vas a hacer? -alcé una ceja.

-Ya verás -Evan se sentó para terminar su comida y yo seguí sus pasos. Cuando terminé de comer alcé mi mirada, él tenía su teléfono en sus manos con una sonrisa de lado.

- ¿Qué hiciste?

-Oh dulce venganza

- ¡Evan! ¡Déjame verlas! -él negó con la cabeza.

-No -me reí, me paré y me senté al lado de él.

-No las borraré, sólo quiero verlas -lo miré, estábamos bastante cerca, sus ojos reflejaban felicidad, sus hermosos ojos pardos, tenían ese brillo y estaba sonriendo.

-Está bien, pero tú me tienes que enseñar las que me tomaste también.

-Me parece justo -intercambiamos teléfonos, me había tomado unas diez fotos, yo mirando mi hamburguesa, yo comiendo, yo bebiendo malteada, yo con mi teléfono en la mano, me gustaban, me veía relajada, me veía feliz. -Me gustan.

-A mí también las tuyas -volvimos a intercambiar de teléfonos.

-Las subiré a mi Instagram.

-Yo también, sales -paró un momento, pensando en la palabra correcta. - Inexplicable -es un halago un poco inusual, pero Evan no parece el tipo de chicos muy halagadores por lo que me hizo sonrojarme levemente.

-Gracias.

Subí la foto a mi Instagram con un pie de foto que decía "Increíble noche con este increíble chico", esa sería mi foto favorita, me encantaba, me encantaba la foto, me encantaba la esencia, me encantaba él, no, él no, apenas lo conocía, aparte ese último pensamiento de mi cabeza.

-Este momento amerita otra foto, pero que salgamos los dos -dijo con una amplia sonrisa, hoyuelos, tenía hoyuelos, pero sólo se le notaban cuando sonreía mucho, como ahora, me encantan los hoyuelos y estos le daban un aire más juvenil, más jovial.

-Me parece muy buena idea -él puso su teléfono con la cámara frontal y nos tomamos muchas fotos, haciendo todo tipo de muecas, pero mi favorita fue la última, yo recostada en su hombro y él en mi cabeza.

-Que sorpresa Jade -miré hacia donde provenía esa voz, Tom, ¿qué hacía Tom aquí?

-Hola Tommy -me paré y lo abracé, su cuerpo estaba tenso.

- ¿Qué haces aquí con él? -respondió enojado.

- ¿Qué? -lo miré extrañada, nunca había visto a Tom ponerse así conmigo, al contrario, Tom es una dulzura de persona conmigo.

-Escuchaste muy bien lo que dije -dijo entre dientes y apretando los puños.

- ¿Cuál es tu problema Tom? -me estaba empezando a enfadar, Tom estaba empezando a colmar mi paciencia, yo no le decía nada cuando se juntaban con los inútiles de sus compañeros de equipo, ¿por qué a él le molestaba que saliera con Evan?

-Jade, déjalo -no me di cuenta en qué momento Evan se había puesto a mi lado, tomó mi brazo suavemente y Tom prácticamente lo asesinó con la mirada.

-No, no lo voy a dejar -me solté de su agarré y me acerqué más a Tom para enfrentarlo. - ¿Cuál es tu problema Tom? ¿Por qué no puedo ser su amiga? -pregunté a la defensiva.

-No te conviene Jade -Tom miraba a Evan con rabia, mientras que Evan simplemente miraba hacia el suelo, sabía que se sentía avergonzado e incómodo, es normal, aparte de que no es muy sociable no es agradable que te juzguen así.

-Tú no eres quién para decirme que me conviene o no.

-Cuando sepas la verdad sólo te diré te lo dije.

-Como sea -me voltee para irme y Tom me tomó del brazo.

-Jade, ven, vámonos juntos.

-No, vine con Evan y con Evan me voy -me solté de su agarre y salí del local como alma que lleva al diablo, no era la primera vez que Tom lo hacía, y él sabía cuánto eso me enoja, ¿la verdad? ¿qué verdad? Tom habla como si conociera a Evan, como si Evan fuera un asesino, un ladrón, una bazofia, pero no, Evan no reflejaba eso, Evan no es lo que Tom cree, Tom se estaba dejando llevar de los jodidos estereotipos, me tenían cansada.

-Caminas muy rápido -un agitado Evan se puso a mi lado. -Tranquila Jade -me tomó del brazo suavemente haciendo que aminorara el paso.

-No, no me voy a tranquilizar -contesté abruptamente y Evan me miró sorprendido. -Lo siento Evan -agaché la mirada.

-Está bien, entiendo, estás enojada, no tienes por qué enojarte ni porque pelear con Tom por mi culpa, si quieres me busco otra tutora -lo interrumpí.

- ¡NO! -contesté rápidamente. -Me caes bien, no voy a dejar de pasar tiempo contigo porque Tom quiera, él no me puede decir que hacer y qué no hacer, esas cosas me enojan demasiado.

-Eso noto.

-Y a él le encanta hacer eso, desde que nos conocemos él se comporta como un padre conmigo en algunos momentos, y es algo que la mayoría del tiempo no me agrada.

-Por eso pelearon el otro día, ¿verdad?

-Sí, me dijo que me aleje de ti.

-Tal vez deberías de hacerle caso.

- ¿Por qué Evan? -él se paró frente a mí, sus ojos ya no tenían ese brillo, Tom lo había apagado, tomó mi cara entre sus manos y juntó nuestras frentes, él cerró sus ojos y yo me quedé mirándolo, ¿por qué hace esto? No me molestaba, pero no entendía, de pronto noté como una lágrima se deslizaba por una de sus mejillas, ¿por qué eso le había afectado tanto? Ahora tenía más incógnitas que antes, pero no le quería preguntar nada, no podía presionarlo, no quería dañar lo que hasta ahora había logrado construir, no quería que Evan se alejara de nuevo.

-No me dejes -abrió los ojos y me miró, ¿qué? Me quedé algo anonadada, apenas llevamos una semana conociéndonos, pero sentía una conexión muy fuerte con Evan, sentía paz cuando estaba cerca de él y sentimientos que nunca antes había experimentado, en sólo una semana Evan había llenado un vacío que ni sabía que existía, pero ahora me sentía con más calma, más completa, sentía como si las cosas cayeran solas en su lugar, ¿podía ser posible sentirse así en apenas una semana? Evan al ver que no decía nada negó levemente con la cabeza y siguió caminando, es ahora o nunca Jade.

-No lo haré -lo dije de forma decidida. Evan se giró lentamente y me miró, sus ojos se veían negros por la oscuridad, se acercó a mí y me sonrió mostrando sus hoyuelos. Automáticamente supe que había hecho bien. Una paz me envolvió y sentí como el tiempo dejaba de pasar, el mundo se paralizaba y no había ni el más mínimo ruido.

"Yo estaré para ti, incluso cuando tú no me quieras cerca"

CAPÍTULO 7

- ¿Cómo fue todo? -preguntó Layla al momento en el que entré a mi cuarto.

- ¿Se besaron? -agregó Sam.

-Todo fue genial -dije omitiendo la parte de Tom. -Y no, no nos besamos.

-Pero estabas loquita por eso -me dijo Miranda y me sonroje.

-Además vimos la foto en Instagram, te gusta Evan -dijo Stacy sonriendo.

-Mmm -miré nerviosa a todos los rincones de mi habitación. - ¡Niño! Hoy le toca cuidarlo a Evan -realmente no quería responder a esa pregunta ahora, ni yo misma sabía que estaba sintiendo.

-Intenta evadir todo lo que quieras, pero sabes que es así -ignoré el comentario de Sam, cogí a Niño con cuidado y me dirigí hacia la casa de Evan, toqué la puerta y me abrió una mujer, de unos 40 años, su pelo era negro con alguna que otra cana y ojos azules penetrantes.

-Hola señorita, ¿que se le ofrece? -hablaba de manera delicada y con una sonrisa en la cara.

-Hola, estoy buscando a Evan, es para una tarea.

-Tú debes ser Jade -asentí. -Ven, pasa -entré a la casa, tenía una decoración moderna pero acogedora, te hacía sentir como en casa, el ambiente era cálido y con un muy agradable aroma a comida casera. -Su cuarto está subiendo las escaleras a la derecha, la segunda puerta.

-Gracias mmm -hice una ligera mueca, no conocía su nombre.

-Tricia cariño.

-Gracias Tricia -subí las escaleras, giré a la derecha y me paré frente a la segunda puerta, toqué ligeramente.

-Tía ya bajo.

-No es tu tía -escuché como algo se caía de repente y reí levemente, al cabo de unos segundos Evan abrió la puerta, Evan sin camisa, Evan en pantalones deportivos y con el pelo despeinado, tenía el abdomen definido, estaba más que confirmado que se ejercitaba en casa, mi mirada recorrió todo su torso, tenía varios tatuajes en el pecho, y una frase en las costillas, me quedé sorprendida, las palabras no salían de mi boca, no me esperaba para nada esta imagen.

- ¿No aguantas estar sin mí? -dejé de admirar su abdomen y lo miré, tenía una sonrisa pícara y las cejas alzadas, sentí como mi cara se puso más roja que un tomate.

-No -dije con un claro tono de nerviosismo. -Vine a traerte a Niño -lo extendí hacia él y este lo tomó con cuidado, acunándolo como a un bebé de verdad, se adentró a su cuarto y lo dejó en su cama.

-Puedes pasar si quieres.

-Me tengo que ir.

-Te ves preciosa sonrojada -el rubor que estaba desapareciendo volvió a aparecer y aún más notorio. -No te avergüences por eso -se acercó a mí, estábamos a unos pocos centímetros de distancia y acarició mi mejilla suavemente, sus ojos estaban clavados en los míos y sentí una corriente eléctrica que me atravesaba.

-Gracias Evan -me separé de él rompiendo la conexión y Evan sólo sonrió.

-Te acompañaré a la salida -bajamos las escaleras, Evan abrió la puerta para así yo irme y su tía salió de la cocina.

- ¿Ya te vas? -preguntó acercándose a nosotros. - ¿O acaso Evan no te invitó? -reí levemente por su última pregunta.

-Muchas gracias por la invitación, pero tengo visita en mi casa.

-Oh, entiendo, ¿qué te parece si vienes el fin de semana a cenar?

-Tía no hace falta -Evan se encontraba sonrojado, se veía sumamente tierno.

-Deja que ella decida, ¿qué te parece cariño?

-Me parece genial, me encantaría.

- ¿Qué día te conviene más? ¿sábado o domingo?

-sábado -respondió Evan rápidamente sin darme tiempo a contestar, miró a su tía fijamente y ella asintió, ¿qué? Me sentía fuera de contexto.

- ¿Te parece bien el sábado?

-El sábado sería perfecto.

-Así conoces a Anne.

-Evan me ha hablado maravillas de ella.

-Se adoran mutuamente, no te quito más tiempo, fue un placer Jade, nos vemos el sábado -nos despedimos con un beso en la mejilla y ella se perdió en la cocina.

-Disculpa a mi tía, es muy sociable.

-Me cae muy bien.

-Te acompaño a tu casa.

-Evan, vivo al lado, además, no tienes camisa.

-No me importa, ¿y si te pasa algo? Tengo que cuidar de ti.

-No tienes que hacerlo.

-Déjame hacerlo -podía sentir como en sus palabras quería darle otro sentido, sus hermosos ojos pardos me suplicaban, pero, ¿el qué? Algo me decía que era algo más que simplemente acompañarme a mi casa.

-Vamos -caminamos uno al lado del otro hasta llegar a la puerta de mi casa, abrí la puerta ya que no le había puesto seguro.

-Nos vemos mañana.

-Tenemos tutoría mañana.

- ¿Lo haremos en tu casa?

-Por mí está bien.

-Okey, cuídate.

Y se marchó por donde vino, lo vi alejarse, su espalda iluminada por los faroles, podía notar los lunares que tenía repartidos en toda la espalda, y unas líneas, eran marcas, marcas ¿de qué? De seguro había sufrido algún accidente y aún tiene las marcas. Alejé mi mente de esos pensamientos y suspiré, ¿qué estaba haciendo? ¿Por qué analizaba tanto a Evan? ¿Qué tenía Evan que me tenía así? Nunca me hacía sentido de esta manera, mucho menos con un chico que apenas había conocido. Había tenido un par de novios, pero no había pasado de los tres meses en una relación estable, me aburría de la monotonía, de las mismas conversaciones, no había encontrado ese alguien que me tuviera suspirando todo el día y que con un toque me pusiera loca, pero a la vez me transmite calma, no había encontrado alguien que me hiciera sentir como Tom hace sentir a Sam día a día. Pero Evan, con Evan no es como los demás, me interesa de una manera irracional conocerlo, parezco acosadora, cuidar de él, y cuando tocó mi mejilla sentí algo que nunca antes había sentido, ¿sería posible sentirme así en tan poco tiempo?

Entré a casa y subí a donde estaban las chicas, en mi cuarto, estaban todas viendo una película, con cajas de pizza en el suelo, me senté al lado de Sam, recosté mi cabeza en su hombro y ella me pasó un pedazo de pizza.

-Sam, creo que me gusta Evan -confesé, se me hacía más fácil decírselo a Sam que reconocerlo por mí misma.

No hizo falta decir nada más, Sam me miró y sonrió "te lo dije" susurró y yo me sonrojé levemente, últimamente me sonrojaba más de lo normal, Evan, Evan provocaba eso, Evan era el factor principal, ay Evan, ¿qué haré contigo? ¿Qué haré con todas estas cosas que me estás haciendo sentir? ¿Se sentirá él así? A lo mejor estoy mal interpretando todo, a lo mejor él sólo quiere una amiga, alguien en quien confiar y yo estoy pensando en algo más que una amistad, pero a lo mejor él se siente como yo, a lo mejor él quiere algo más que una amistad.

Ni siquiera sé qué pensar, ¿por qué este tipo de cosas tienen que ser complicadas? Tome una rebanada de pizza, comer siempre alejaba mis pensamientos, me concentré en la película y en la compañía de mis amigas, lo mejor será que el tiempo haga su trabajo.

"Entonces, llega alguien, que no sabes cómo,

ni por qué, sólo te gusta y ya"

CAPÍTULO 8

Me pasé el día entero deseando que fuera la salida, a pesar de que no era viernes, podría estar con Evan, me sentía ansiosa, nerviosa, rara, intentaba calmar todas mis emociones, pero se me hacía imposible.

-Alguien se encuentra impaciente -Sam se sentó a mi lado en la hora de orientación universitaria mientras la profesora repartía un folleto para leerlo.

- ¿Cómo es posible que me sienta así cuando apenas lo conozco?

-Cuando es el indicado simplemente lo sientes, sientes como tu corazón se acelera cuando sabes que lo vas a ver, cuando está cerca de ti, cuando hablas con él, sientes paz cuando te abraza, te reconforta en cada momento, te hace reír, el tiempo con esa persona pasa volando y siempre quieres verlo, siempre lo extrañas, te preocupas y quieres su bien, con los amigos a veces sientes eso, pero dura más tiempo para desarrollarse, cuando es la persona correcta todos los sentimientos vienen hacia ti corriendo, de repente, no llegan uno por uno para poder organizarlos, simplemente aparecen todos juntos y tienes que manejarlos lo mejor que puedas -miré a Sam sorprendida. -Llevo dos años con

Tom, y aún me siento así.

-Es un enigma, él es un completo enigma, no sé qué esperar de él.

-Eso es lo que te trae loca de él, siempre quieres tener todo bajo control, todo calculado, conocer a la perfección cada paso, pero con él no es así, en el amor en si no es así nunca, no sabes que va a pasar, que sentimiento nuevo vas a descubrir, que emoción experimentarás en cada momento, el amor es un misterio y Evan lo es aún más.

-Estás poética hoy -me reí levemente.

-Tengo mis días -Sam pasó uno de sus brazos por mis hombros. -Todo saldrá bien.

***

Me dolía la espalda de estar sentada explicando, miré la hora en mi teléfono, 6:47 pm, Dios, llevábamos casi 4 horas estudiando, sentía que mi cabeza explotaría en cualquier momento, no podía ver un sólo número ni una sola letra más, me acosté en el mueble mirando hacia el techo.

-Creo que está bien por hoy -dije con los ojos cerrados, los músculos de mi espalda y brazos por fin se relajaron y me sentí aliviada.

- ¿Estás bien? -noté un tono de preocupación en su voz.

-Sí, sólo estoy cansada y me duele la espalda de estar sentada, nada del otro mundo -me senté en el sillón y le hice una seña a Evan para que se sentara a mi lado, me acosté de nuevo con mi cabeza en su regazo y él empezó a acariciar mi cabello lentamente relajándome.

- ¿Te gusta?

-Sí, me relaja -nos quedamos en esa posición, sin necesidad de decir nada, cerré los ojos y sentía como él me miraba, me sentía relajada, me sentía bien, sentía una paz que hacía mucho no experimentaba pero que me hacía falta, sonreí, qué bien se sentía estar así.

- ¿Por qué sonríes? -abrí los ojos y él también sonreía.

-Cuando nos sentimos felices sonreímos para dar a demostrar a los demás como nos sentimos.

- ¿Estás feliz ahora? -asentí. -Me alegra saber que lo estas.

- ¿Tú lo estás?

-Se podría decir que sí -duramos un tiempo así, mirándonos, sin necesidad de decir nada, no hacía falta hablar, estar simplemente así era más que perfecto.

-Tengo hambre, ¿qué te parece si preparamos algo? -dije levantándome.

-Mis cualidades culinarias no están muy desarrolladas que digamos -sonrió de lado logrando que unos de sus hoyuelos se marcaran y simplemente me derretí por dentro.

-No importa, ven -tomé su mano y él entrelazo sus dedos con los míos, miré nuestras manos juntas y lo miré a él, con las mejillas un poco sonrojadas y lo guie hasta la cocina. - ¿Qué quieres?

- ¿Tienes pasta? Me encanta la pasta -sonrió como un niño pequeño cuando le ofrecen caramelos.

-Pasta será -hice todo lo necesario para preparar la pasta y la dejé hirviendo mientras la salsa se iba haciendo, Evan se sentó encima del desayunador y me veía dando vueltas por la cocina.

Mi teléfono vibró mostrando una notificación en Instagram nueva "@EvanWonder te ha etiquetado en una publicación" le di clic a la notificación y me mostró una imagen tomada hace unos segundos por Evan. Salía yo despeinada preparando la pasta y con una descripción de foto que decía "Después de mucho estudio ella me consiente". Sonreí y me acerqué a él.

-Eso no se vale -le dije haciendo un puchero.

- ¿Por qué?

-No me di cuenta de esa foto.

-Quedaste hermosa -me sonrojé y él acarició mi mejilla levemente, definitivamente que él hiciera eso me ponía loca, sentí la descarga eléctrica una vez más y como los vellos de mi cuello se erizaban.

-No, estoy despeinada.

- ¿Y?

-Que salgo fea.

-Tú nunca sales fea.

-Evan -dije tapándome la cara para ocultar mis mejillas sumamente sonrojadas.

-Jade -dijo quitando mis manos de mi cara, y acercándome más a él, estábamos a escasos centímetros uno del otro, sentía su mirada atravesándome y de repente sonó el temporizador, me alejé rápidamente de él y terminé de preparar y serví la pasta, tomé los dos platos y los puse en el desayunador.

- ¿Qué quieres de beber? ¿Refresco, agua, jugo?

-Refresco -busqué dos latas de refresco, los cubiertos y un par de servilletas y las puse encima del desayunador.

-Espero que te gusten -Evan los probó y puso una cara rara. - ¿Qué tienen?

- ¿Cuándo nos casamos? -reí levemente.

- ¿Te gustan?

-Me encantan, gracias

-No hay de que Evan.

Comimos en silencio y cuando terminamos Evan recogió los platos, vasos y cubiertos y los puso en el fregadero, automáticamente se puso a fregar, saqué mi teléfono y tomé una foto para subirla a Instagram, en el pie de foto escribí "Se ve tan lindo así" y lo etiqueté. Dejé mi teléfono a un lado y lo abracé por la espalda, él se tensó ante mi abrazó, pero a los pocos segundos se relajó. Delineé con mis dedos los tatuajes que estaban a la vista en sus brazos y me aferré a él, olía a una mezcla de colonia y lavanda, me quedé abrazándolo hasta que terminó de fregar.

-No tenías por qué hacerlo -le dije separándome de él.

-Tú tampoco.

- ¿A qué te refieres?

-No tenías que dejar de abrazarme -sonreí y lo abracé, esta vez de frente, mis manos envolvieron su cuello y acaricié su sedoso pelo, mientras que sus manos me abrazaron por la cintura y me apegó a él.

- ¿Mejor?

-Muchísimo mejor.

- ¡Jade! -escuché una voz que gritaba mi nombre desde la entrada de mi casa, una voz muy conocida para mí, vi una melena negra aparecer en la entrada de la cocina, Sam -Ups, parece que interrumpo algo.

- ¿Jade está aquí? -vi a Layla asomarse.

-Parece que llegamos en mal momento -mencionó Miranda a lo que concordaba con ella, definitivamente habían llegado en un mal momento, estaba consiguiendo que Evan se sintiera con más confianza conmigo y no quería que todo se vaya a la mierda.

-Les dije que teníamos que llamar primero -dijo Stacy.

- ¿Qué hacen aquí? ¿Qué pasó? -pregunté y me separé de Evan, sentía como él se estaba empezando a incomodar, mis amigas lo estaban intimidando.

-Oh, ¿ahora no te podemos visitar? -dijo Sam en un tono dolido fingido.

-Claro que sí, siempre, pero saben que los jueves tengo tutoría con Evan.

-Oh si, tutoría, por eso sus manos están entrelazadas, ¿verdad? -dijo Stacy, no me había percatado en qué momento nuestras manos se habían unido, Evan intentó separar nuestras manos, pero yo me aferré más y lo miré.

-Que tiernos se ven juntos -agregó Ryan, ¿Ryan? Ósea que Tom tiene que estar por venir.

-Es mejor que me vaya, así estas con tus amigos -miré a Evan y luego miré a mis amigos, ellos entendieron la indirecta y todos salieron de la cocina hacia la sala.

-Lo siento.

-No tienes que pedir disculpas, además, ya es tarde.

-Bueno, sí -Evan tomó mi cara entre sus manos y juntó nuestras frentes, tenía los ojos cerrados, su cara relajada, rodeé su cuello con mis brazos, estábamos a escasos centímetros de nuevo y sentía como si mi corazón se fuera a salir de mi pecho en cualquier momento, lamí mis labios y miré a Evan, él me estaba observando detenidamente, acarició levemente mi mejilla y sonreí levemente.

-Me extraña, hoy tocaba sólo tutoría -me separé de Evan al escuchar la voz de Tom.

-Tom -susurré.

-Jade, él no es bueno para ti, te hará daño, te hará sufrir, y en ese momento vendrás a buscarme -se acercó a mí, en sus ojos expresaba preocupación y a la vez rabia.

- ¿Cómo sabes eso? ¿Cómo sabes que pasará eso? ¿Acaso lo conoces? -lo enfrenté.

-Jade, hazme caso.

-Tom, tienes dos opciones, o aceptas mi amistad con Evan o te puedes ir a la misma mierda -Tom suspiró.

-Está bien, pero después no quiero lloriqueos.

-Jade, tranquila -Evan tomó mi brazo sutilmente. -Ya me voy.

-Déjame acompañarte a la puerta.

-No quiero causar más problemas.

-Evan -lo miré apenada, pero él me sonrió tiernamente.

-Tranquila, ya me sé el camino -me dio un beso en la frente y vi cómo se marchó, al cabo de unos segundos sonó la puerta de la entrada indicando que Evan se había ido.

-Tom.

-Nena.

-No Tom, ¿por qué sigues con lo mismo? -Pregunté con una notoria frustración en mi voz, últimamente Tom estaba logrando sacarme de mis casillas muy seguido.

-No quiero que sufras.

-Te lo he dicho mil veces, déjame, deja ese tema, o terminaremos mal.

-Pero.

- ¡Pero nada! No volveré a hablar de ese tema contigo, ¿vale? Así que tu elijes.

Salí de la cocina y vi que todos estaban en la sala viendo una película y comiendo pizza, tenían esto planeado, estaba más que segura, me senté en el mueble al lado de Ryan y me recosté en su hombro.

- ¿Todo bien? -me susurró Ryan.

-Más o menos.

- ¿Necesitas hablar? -asentí levemente, nos paramos y fuimos al patio, nos sentamos en la hamaca. -Cuéntalo todo.

-No sé qué le pasa a Tom, actúa muy raro con Evan, como si lo conociera, sé que Evan tiene ese estilo como de "chico malo" -dije simulando las comillas. -Pero es sumamente dulce, y se ve que esconde un gran secreto que lo ha hecho en parte frío y distante, y sabes como soy.

-Quieres descubrir qué es.

-Exacto, pero creo que me gusta, me atrae, me emociona hablar y estar con él, y sé que no lo conozco desde hace mucho.

-Entiendo.

-Pero mi amistad con Tom es muy importante, y no la quiero perder por nada del mundo, pero es que, Dios, ni siquiera sé cómo explicarlo, simplemente ese tipo de cosas que dice sobre Evan hace que me sulfure.

-Tom se dará cuenta que Evan te hace feliz, para mí que está celoso, pero no de una forma amorosa, si no que eres como su hermana menor y no quiere que te pase nada malo.

-Pero no tiene por qué actuar así.

-No, no tiene por qué, pero sabes cómo es Tom, tenle paciencia.

- ¿Aún más?

-Aún más pequeña.

-Intentaré, pero sabes que yo también tengo mis límites.

-Ya verás cómo mañana en Fredo's todo estará como siempre.

-Eso espero, no me gusta para nada estar enojada con Tom -sentí como un par de lágrimas se me escapaban y me las quité rápidamente con el dorso de la mano.

-Tranquila, desahógate.

- ¿Por qué no están con los demás? -Tom estaba recostado en el marco de la puerta con un semblante algo triste.

-Estábamos hablando, ¿o tampoco quieres que sea amiga de Ryan? -dije a la defensiva, sin ni siquiera mirarlo.

-Creo que deben de hablar -Ryan se paró y se marchó y Tom tomó su lugar al lado de mí.

-Sé que la mayoría del tiempo actúo como un inmaduro, que te celo mucho, que a veces soy insoportable -bajó la cabeza. -Muchas veces no estoy cuando me necesitas y cuando aparezco ya está todo bien -paró un momento y suspiró. -Mis consejos no son los mejores y me distraigo fácilmente cuando me cuentas algo, pero fuiste mi primera amiga, eres mi mejor amiga, y la verdad es que no quiero que te pase nada Jade -cubrió mis manos con las suyas y me miró a los ojos. -Cuando te veo llorar mi corazón se encoje, cuando te noto triste quiero hacerte reír para que olvides tus penas -sonreí levemente y él también. -Sé que actué como un idiota, hoy, el otro día en Fredo's, y también cuando estaban juntos en el curso, y muchísimas veces más, pero tú me haces mejor Jade, no sé qué hacer cuando te enojas conmigo, porque siempre que meto la pata con alguien acudo a donde ti, pero cuando meto la pata contigo no tengo a dónde acudir y cuando lo quiero arreglar lo empeoro -lo abracé, dando por terminado su discurso.

-A pesar de todo, eres el mejor Tom, aunque me hagas enojar y agotes mi paciencia cada dos por tres, eres mi mejor amigo y no te cambiaría por nada ni nadie en este mundo, gracias por estar siempre ahí para mí y por protegerme, aunque a veces te pases -reí levemente y él también.

-Tú sí que eres la mejor Jade -me besó en la frente, siempre que arreglábamos una pelea Tom me besaba en la frente, así me transmitía que todo estaba bien, que nosotros estábamos bien. -Ven, vamos a ver la película.

CAPÍTULO 9

Todos sentados en Fredo's, comiendo como cada viernes, Tom por fin había dejado el tema de Evan a un lado y estábamos pasando un rato realmente agradable, a pesar de todo este es mi mejor momento de la semana desde hace mucho tiempo y no lo cambiaría por nada del mundo, a pesar de los problemas, ellos siempre han estado ahí para mí y yo siempre he estado ahí para ellos. Tomé una selfie con mi teléfono donde nos veíamos todos y la comida también, la subí a Instagram automáticamente con un pie de foto que decía "los de antes, los de ahora y los de siempre", y esa frase tenía toda la razón, eran los que en todo momento me habían acompañado y esperaba que siguiera siendo así por siempre.

Mi teléfono vibró mostrando un mensaje y lo desbloqueé, era Evan, sonreí automáticamente, siempre me sorprendía con algún mensaje tierno, me sonrojaba incluso a través de una pantalla.

Evan 9:34 pm

-Espero que la estés pasando bien, vi la foto en Instagram, estás preciosa

-Sí, ya está todo arreglado con Tom, gracias cariño

-Te dejo que sigas disfrutando, cuídate

-Gracias Evan

Visto a las 9:41 pm

-Parece que a alguien le mandaron un mensaje muy importante que nos ignoró a todos -Ryan me miraba con una sonrisa y yo me sonrojé.

-El amor señores -agregó Stacy haciendo que me sonrojara más, escondí mi cara en el hombro de Tom que estaba al lado de mí y él se rió levemente.

-Ya ya, dejen a la niña tranquila, si siguen con esos comentarios terminará hecha un tomate -Miranda me apoyó, le sonreí y susurré gracias.

Cuando terminamos de cenar pagamos la cuenta y fuimos todos caminando hasta mi casa para nuestra maratón de películas, bromeando y riendo en el camino. Los momentos que compartimos son incomparables, son cosas que no puedes comprar y forman parte de ti, son esos pequeños detalles que conforman la vida, detalles que nunca se olvidan y detalles que me hacen más que feliz.

***

Después de haber terminado todas mis asignaciones escolares ya eran las 7:43 pm, Evan me había avisado que fuera a las 9 a su casa así que decidí comenzar a arreglarme para no dar una mala impresión llegando tarde. Opté por ponerme unos shorts negros con una blusa holgada de tiros anchos y mis preciados converse blancos, dejé mi pelo suelto y me puse mis accesorios, estaba más nerviosa de lo normal, realmente quería dar una buena impresión a pesar de que ya había conversado brevemente con la señora Wonder. Las palmas de mis manos sudaban más de lo normal, cosa que me ponía aún más nerviosa, respire profundamente intentando calmarme, pero fue en vano. Miré mi reloj, 8:52 pm, salí de la casa y me dirigí a la de Evan, toqué el timbre y rápidamente abrió la puerta Evan, me sonrió y le devolví el gesto, tenía unos jeans ajustados negros y una camiseta de guardia junto con unas vans de varios colores, se veía simplemente excepcional.

-Pasa, pasa -se hizo a un lado y entré a la casa, había un delicioso aroma en el ambiente, lasaña, amaba la lasaña. - ¿Te gusta la lasaña?

-Me encanta -la señora Wonder salió de la cocina con un delantal.

-Oh, ya estás aquí, aún le falta un tiempecito a la lasaña, espero que no te importe esperar.

-No, no se preocupe -la saludé con un beso en la mejilla. Se notaba que a la señora Wonder le encantaba cocinar, siempre estaba cocinando.

-Está bien -desapareció dentro de la cocina y miré a Evan que se encontraba serio al lado de mí.

- ¿Qué te parece si subimos? -Evan me miró y sonrió.

-Vamos -él tomó mi mano y me guio hasta su cuarto, entramos, las paredes eran de un azul gradiente, su cama era amplia, tenía un escritorio blanco con una laptop encima de este. Me senté en la silla que estaba frente a su escritorio y observé las fotos que tenía en este, eran fotos con su familia, su tía, los que supuse que eran sus padres, su prima hermana y él de pequeño, se veía sumamente tierno, saqué mi teléfono y le tomé una foto una foto de él con unos dos años, se veía tan feliz, sin preocupaciones, con ese hermoso brillo en sus ojos pardos.

-Eras lindo, ¿qué te pasó? -dije en forma de broma.

-Que graciosita -él se sentó en su cama y se quedó mirándome de arriba a abajo, mordió levemente su labio lo cual hizo que me sintiera bastante nerviosa, ¿cómo era capaz de ponerme así con una mirada?

- ¿Qué me miras? -pregunté algo sonrojada, su mirada era penetrante y me intimidaba.

-Eres hermosa Jade.

-Evan -me tapé la cara con las manos, él tomó mis manos y las retiró de mi cara, ¿en qué momento se había levantado de la cama? Alcé mi cabeza para poderlo mirar a los ojos.

-No te tapes, así sonrojada te ves tierna -me miraba fijamente y eso me ponía sumamente nerviosa, no sé qué es lo que tiene, no sé qué es lo que hace… ¿Qué es lo que está haciendo conmigo?

-Evan ya -sentía mis mejillas arder, intenté girar mi cara, pero las manos de Evan me lo impidieron.

-No, no puedo negar la verdad -se acercó lentamente a mí, aun teniendo mi cara entre sus manos, puse las mías sobre las de él, mis manos se veían más pequeñas de lo que eran, lo miré a los ojos, ese brillo, esos hermosos ojos, él entero es hermoso.

-Evan dice tía que -nos separamos rápidamente, era la prima de Evan, Anne, era pequeña, con el pelo rubio y ligeramente rizado, sus ojos eran iguales que los de Evan, unos hermosos ojos pardos.

- ¿Qué pasó cariño? -respondió Evan de manera dulce.

- ¿Quién es ella? -dijo con el ceño fruncido, ese gesto se nota que lo había aprendido de Evan.

-Ven, ella es mi amiga -ella fue lentamente y se escondió detrás de la pierna de Evan.

-Es linda -dijo tímidamente.

-Tú lo eres más -le respondí con una sonrisa.

- ¿Serás mi amiga? -se acercó a mí.

-Sólo si tú quieres.

- ¡Sí! -respondió con emoción y se fue corriendo.

-Es muy parecida a ti -lo miré sonriendo.

-Lo dudo -frunció el ceño y yo me reí, eran idénticos. - ¿Qué pasó?

-Nada cariño -sonreí y le di un beso en la mejilla. Evan posó sus manos en mi cintura y me apegó a él, enterró su cara en mi cuello y repartió tiernos besos, sentía mis piernas temblar y como mi respiración se agitaba.

- ¡Evan! ¡Jade! ¡Bajen! -vociferó la tía de Evan. Él se separó de mí y me miró fijamente, sus ojos estaban oscuros a más no poder, parecían negros, nunca los había visto así y me extrañé. Lo tomé de la mano y bajamos, la mesa estaba puesta, una mesa de cristal de un tamaño considerable, me senté al lado de Evan, su tía estaba frente a mí y Anne frente a Evan. -Espero que les guste - dijo con una sonrisa, lo probé y sabía realmente delicioso, hacía mucho no probaba una buena comida casera.

-Esta deliciosa Tricia, tenía mucho sin probar comida casera -le dije con total sinceridad.

- ¿Vives sola?

-Prácticamente, mis padres siempre están viajando por motivos de negocios.

-Cuando quieras puedes venir a comer, con total confianza, no veía a Evan tan cómodo con una persona desde -de repente Tricia dejó de hablar y Evan la miró fríamente, miré a Evan, tenía la mandíbula apretada y sus músculos tensados. - ¿Qué piensas estudiar en la universidad? -me preguntó con una sonrisa, intentando cambiar el tema con un notable nerviosismo, Evan bajó la cabeza y se concentró en su comida.

-Estoy pensando en psicología clínica, aunque mi madre dice que sería una buena investigadora forense.

-Son dos carreras muy interesantes -asentí levemente.

La cena transcurrió en silencio, ¿desde quién? ¿Por qué Evan se había puesto así? ¿A quién había perdido? Cada vez que pasaba más tiempo con él sentía que lo conocía menos, era la persona más compleja que había conocido, lleno de secretos, impredecible, misterioso, único y sumamente especial.

Al terminar de cenar, ayudé a Tricia a fregar los platos a pesar de que esta no quería y subí al cuarto de Evan, entré sin hacer ruido, se encontraba acostado boca abajo y se había quitado la camisa que tenía puesta minutos atrás, me subí encima de él a horcajadas y comencé a darle un masaje, primero se tensó al sentir mi toque pero después se relajó, acaricié las marcas que tenía en su espalda, no parecían marcas de puntos, parecían marcas de golpes, Evan se estremeció y se volteó, estábamos frente a frente, quería preguntar, pero no sabía si sería correcto, se veía cansado y triste, necesitaba desahogarse con alguien.

- ¿Qué pasó? -pregunté con cuidado, me acosté a su lado y él se recostó sobre mi pecho, comencé a acariciar su pelo para que así se relajara y se sintiera con más confianza.

-Son los daños en la vida que nos hacen como somos, yo soy así no porque quiero, yo quiero ser alguien normal -resaltó normal entre comillas. -Pero he pasado por cosas que me han hecho desconfiado, frío, calculador, que me han hecho ser como soy ahora. Quiero cambiar Jade, quiero que deje de asustarme cuando una persona se intenta acercar a mí, quiero ser sociable, dejar de vivir con el miedo de que un día llegue a casa y algo le haya pasado a Tricia o a Anne por mi culpa.

- ¿Qué cosas? -pregunté con temor de que se sintiera incómodo, Evan respiró profundamente.

-Mi tía se refería a Patrick, mi primer y único mejor amigo, confiaba en él más que en nadie, éramos inseparables, pasé por un suceso algo fuerte y complicado hace dos años, él también, pero él no sobrevivió, ¿sabes por qué? -su cuerpo se tensó, apretó tanto la mandíbula que pensaba que se iba a lastimar. -Todo por mi culpa, por mi jodida culpa, me apego a alguien y se va, desaparece, muere, por eso no me gusta apegarme a nadie -me miró. -Pero tú Jade, tienes algo que me hace querer volver a ti, no quiero hacerte daño, no quiero que te hagan daño por mi culpa - ¿qué le había pasado? A pesar de que me estaba explicando la situación no entendía bien a qué se refería, ¿un accidente tal vez?

- ¿Por ese suceso tienes esas marcas? -cerró los ojos fuertemente y se apegó más a mí, se refugió en mi pecho, su respiración era entrecortada, estaba llorando, Evan estaba llorando, tenía que ser algo más trágico que un accidente de coche, tenía que ser algo que marque tanto a una persona de esa manera.

-Fui secuestrado por unos 4 meses -se volteó y me dio la espalda, su cuerpo temblaba levemente, lloraba silenciosamente, no sabía qué decir, de ahí venían las marcas, golpes, cuatro meses recibiendo golpes y sabrá Dios qué tipo de torturas, me quedé helada, nadie en el mundo se merece pasar por una cosa así, me imaginé a Evan sufriendo, llorando, débil, desnutrido, sin fuerzas, el simple hecho de imaginarme eso hizo que mis ojos se llenaran de lágrimas, pero los apreté fuertemente, no quería llorar, quería mostrarme fuerte para él. -Yo tenía que morir, pero Patrick paró la bala con su cuerpo, perdió demasiada sangre, murió entre mis brazos -hice que se volteara, tenía los ojos rojos y lágrimas recorriendo sus mejillas, sequé sus lágrimas con mis pulgares y junté nuestras frentes.

-No me iré Evan, no te dejaré, llevamos un par de semanas hablando, pero siento una conexión demasiado fuerte contigo, no puedo dejar de pensar en ti, de preocuparme por ti, quiero ayudarte, quiero conocerte, quiero tantas cosas contigo, tal vez suene prematuro, de seguro piensas que estoy loca, pero no me quiero separar de ti -sonrió levemente, me miró a los labios y después a los ojos, como pidiendo permiso, imité su acción y juntó sus labios con los míos. Sus labios se sentían suaves, dulces, pero a la vez algo salados por las lágrimas, delineó mi labio inferior con su lengua y yo mordí sus labios suavemente, nuestras bocas se movían al compás, como hechos uno para el otro. Me sentía completa, me sentía bien, se sentía bien, nos separamos y nos miramos a los ojos. -No te presionaré para que hables, pero quiero que sepas que siempre estaré aquí para ti, para cuando quieras hablar, da igual la hora, da igual el día, da igual si estamos enojados el uno con el otro, ¿vale? -él asintió.

Las horas pasaban, nosotros hablando, besándonos y riendo, dejamos atrás los malos recuerdos, las malas experiencias, y hablamos de las cosas que nos gustan, que nos apasionan, descubrí que a Evan le gustaría estudiar medicina y le apasionaba leer, tenía una biblioteca en su casa repleta de libros de todo género, cosa que me puso como loca y me prometió que algún día estudiaremos ahí.

Detrás de todas esas capas, de esa personalidad fingida, se encontraba la persona más dulce, tierna, sensible, increíble e inteligente que había podido llegar a conocer.

Alrededor de las 5:40 de la mañana nos sentamos en su balcón para ver el amanecer, Evan buscó una frazada y nos cubrimos con esta. Recosté mi cabeza en su hombro y entrelazamos nuestras manos. ¿Qué más se podría pedir?

-Creo que podría acostumbrarme a esto -Evan susurró y yo sonreí, me apegue más a él.

-Eres muy dulce Evan Wonder -lo miré y él sonrió mostrando sus hoyuelos.

-Sólo lo soy con un selecto grupo de personas, siéntete agraciada señorita McKenzie -dijo bromeando a lo que me reí y junté nuestras frentes.

-Me siento más que agraciada señorito Wonder -junté nuestros labios y acaricié su pelo, jugué con él entre mis dedos y Evan acariciaba lentamente mi cintura.

-Gracias -me miró a los ojos, ¿gracias por qué? -Gracias por a pesar de todo lo que te dije no me juzgaste y te quedaste aquí -sus ojos se cristalizaron y mi corazón se rompió en dos, me imaginé Evan contándole sus sentimientos a alguien y que esa persona se alejara de él, Evan es un amor de persona, un ángel, pero desgraciadamente ha pasado por sucesos no muy agradables, cualquiera en su situación hubiera cambiado drásticamente.

-Evan, digas lo que me digas, no cambiaré mi trato hacia ti, no has tenido las cosas fáciles, confiaste en mí, no lo arruinaré, al contrario, gracias a ti por confiar en mí -Evan me besó lleno de pasión, me levantó como si no pesara nada y me hizo sentarme sobre él a horcajadas, pegándome más a él, nuestras bocas bailaban en un perfecto compás y me sentí completa, sentí como si todas las piezas cayeran en su lugar, sentí como que no me hacía falta nada más, sentí cosas que pensé que nadie nunca me haría sentir. Evan sacó su teléfono y nos tomamos una foto, de fondo se veía el amanecer por lo que la contraluz hacía que nuestras caras no se vieran bien, la subió a Instagram y puso de pie de foto "Gracias por todo JM". -Creo que todos sabrán quién es JM.

-Mejor, así todos sabrán que eres mía -me sonrojé levemente y me acurruqué en su pecho. Nos quedamos en esa posición hasta que los dos nos estábamos quedando ya dormidos.

Evan me acompañó a mi casa, aunque viviéramos al lado decía que me podía pasar cualquier cosa, algo exagerado, pero no me molestaba, me parecía bastante tierno y protector, no quedaban muchos chicos así hoy en día.

-Gracias por todo Jade -estábamos parados uno frente a otro frente a la puerta de entrada de mi casa, él tomó mis manos y las besó gentilmente.

-Gracias a ti Evan -rodeé su cuello con mis manos y él a mí la cintura, se despegó un poco de mí y me besó la frente.

-Nos vemos luego -juntó nuestras frentes.

-Eso espero cariño -lo besé con gentileza, con cariño, con cuidado, lo besé lentamente saboreando cada espacio de su boca.

"El amor es como la vida, no siempre es fácil,

y no siempre trae la felicidad…

pero si no paramos de vivir,

por qué deberíamos parar de amar."

CAPÍTULO 10

El lunes en la escuela todos me miraban y murmuraban, ignoré eso y me dirigí directamente a mi casillero, aún era temprano por lo que ahí estaban todos mis amigos.

- ¡JADE MCKENZIE! -Sam gritó haciendo que todos los estudiantes que estaban ahí nos miraran, aceleré el paso hasta que llegué a donde estaban mis amigos.

- ¿Qué pasó? -pregunté inocentemente.

-Explícanos esto, YA -Stacy me enseñó la foto que subió Evan desde su teléfono, me sonrojé levemente.

-Es una foto del perfil de Evan, ¿qué tiene de malo? -dije haciéndome la idiota.

-Jade, enserio, ¿son novios? -Tom estaba bastante serio y todos me estaban rodeando, ¿por qué estaban tan enojados?

-La tía de Evan me invitó a cenar a su casa el sábado, Evan se sintió mal por algo y nos quedamos hablando de cómo él se sentía, se sinceró conmigo, me contó cosas de él, yo le conté cosas de mí y el tiempo pasó sin darnos cuenta, amaneció y Evan nos tiró una foto, puso gracias porque me agradeció por escucharlo y apoyarlo, ¿qué hay de malo en ello? ¿Por qué todos parecen enojados?

-No estamos enojados, pero no nos habías dicho nada, somos tus amigos Jade -dijo Ryan en forma de defensa.

-Sí, quería contárselo a todos hoy en persona, tranquilos, no los dejaré de lado, ustedes saben que los amo demasiado -reí levemente.

- ¡Abrazo grupal! -gritó Layla y nos abrazamos.

- ¿Se besaron? -me preguntó Stacy cuando nos habíamos separado, todos me miraron expectantes y yo me sonrojé.

-Se podría decir que sí -respondí en un tono más bajo de lo normal y las chicas chillaron, Tom frunció el ceño, cerró su casillero con fuerza, que estaba a dos casilleros del mío, y se fue hecho una furia de ahí. - ¿Aún tiene algo en contra de Evan? -Todos me miraron apenados y Ryan me abrazó.

-Ya sabes cómo es Tom, ya se le pasará -me consoló Ryan.

-Sí, bueno, eso espero -Ryan me besó en la frente y se marchó a su clase correspondiente.

-Ven, vámonos a matemáticas -Sam me jaló del brazo y me despedí de las chicas con la mano.

- ¿Qué tanta desesperación por ir a matemáticas? -alcé una ceja.

-Oh, estoy haciendo esto por ti, ¿o se te olvida quién está con nosotras en matemáticas? -me sonrojé levemente, abracé a Sam por el cuello, ella siempre pensaba este tipo de cosas mejor que yo. -Lo sé, soy la mejor -llegamos al aula y nos sentamos donde siempre, aún faltaban diez minutos para que comenzaran las clases. -Jade -Sam me dio levemente con su codo y señaló a la entrada. Ahí estaba Evan, con su semblante serio y su cabello desordenado, llevaba unos pantalones holgados de deporte y una camiseta Nike junto con unas deportivas de la misma marca, me vio y sonrió mostrando sus hoyuelos, todas las chicas de la clase suspiraron y giraron a verme celosas de que su sonrisa fuera dirigida hacia mí, me sentí tan bien que esa hermosa sonrisa fuera dirigida hacia mí, que se hubiera sincerado conmigo, me sentía feliz porque Evan había compartido cosas muy profundas para él conmigo, Evan confiaba en mí, caminó hasta donde estaba sentada.

-Hola Jade -saludó aún con su sonrisa y ese hermoso brillo en los ojos.

-Hola Evan.

-Dios, cuanta tensión sexual siento aquí -bromeó Sam, Evan rió levemente y yo me puse como un tomate.

-Hola Sam -Evan le tendió la mano y Sam la agitó algo extrañada. Sam hizo como si estuviera haciendo ejercicios de matemáticas, pero yo sabía que era para que él no se sintiera incómodo, en realidad estaba jugando en su teléfono, Dios, cuánto la amo. - ¿Cómo estás preciosa?

-Mejor ahora, ¿y tú?

-Perfectamente desde que te vi -su mano rozó mi mejilla, sentía las miradas de todos en el aula, Evan se acercó a mi oído y me susurró. -Creo que todos nos miran por la foto que subí -reí levemente y asentí. - ¿Qué te parece si confirmamos sus sospechas?

- ¿Qué sospechas? -Evan me besó y todos en la clase se sorprendieron, al principio estaba sorprendida, no me esperaba eso para nada, pero le correspondí el beso y mordí su labio inferior, él se separó de mí y besó la coronilla de mi cabeza. -No me esperaba eso -susurré.

- ¿Te molestó? -Evan se veía asustado, pensaba que lo había arruinado, negué con la cabeza y sonreí.

-Para nada -la profesora entró al aula, así que Evan me sonrió y se dirigió a su asiento.

-Qué rápido crecen -me dijo Sam bromeando. -Creo que todas las chicas están decepcionadas, había muchas detrás de él.

- ¿Que te puedo decir? Sucumbió ante mis encantos.

***

A la hora del almuerzo la gente no solo hablaba de la foto que Evan había subido a Instagram, también hablaban de nuestro beso en la hora de matemáticas.

Estábamos sentados todos en nuestro sitio de siempre, pero Tom se notaba enojado y tenso, le hice señas y nos alejamos un poco para hablar.

- ¿Qué pasa Tom? -lo miré, tenía el ceño fruncido.

-Jade, no me gusta Evan para ti -ya sabía, de nuevo con lo mismo, rodee los ojos y bufé. -Tienes muchos chicos detrás de ti, ¿por qué él?

-Tú también tienes muchas chicas detrás de ti, ¿por qué Sam?

-No es lo mismo Jade

- ¿Te digo por qué? -Tom asintió. -Porque aparte de verse muy jodidamente bien, es una de las mejores personas que he conocido, porque me hace reír, porque me hace sentirme bien, porque con un simple toque hace que todos mis sentidos se disparen, porque cuando me mira con esos hermosos ojos pardos siento que me derrito, porque él me ha hecho sentir como ningún otro me ha hecho sentir, por eso Tom.

-Jade, si tan sólo supieras.

- ¡Entonces dime Tom! ¡Simplemente dime! ¡Dime o acepta que sea feliz! -sentía como mis ojos se llenaban de lágrimas.

-No te puedo decir -dijo en apenas un susurro.

-Si no me puedes decir, entonces déjame ser feliz Tom.

-No te puedo ver con él.

-Pues entonces no eres mi amigo, si no me puedes decir, pero tampoco me puedes ver feliz, no eres mi mejor amigo, no eres ni siquiera un amigo, no eres nada para mí.

-Jade no -me tomó del brazo. -No me digas eso -su voz se quebró y sus ojos se cristalizaron.

-No aceptas mi felicidad Tom -me solté de su agarre, él continuaba llamándome y me siguió, corrí hasta donde estaba aparcado mi coche y me subí rápidamente, las lágrimas salían sin control, Tom golpeaba la ventana del coche.

- ¡Jade! ¡Jade no te vayas! ¡Jade por favor! -hice caso omiso a sus gritos, arranqué y me dirigí a mi casa.

Paré antes en el supermercado, compré varios cubos de helado de diversos sabores, pizzas congeladas, papas fritas, Coca-Cola y varias bolsas de chucherías. Al llegar a mi casa lleve todo a mi cuarto. Antes que nada, alimenté a Niño, lo bañé y le saqué los gases, lo dejé durmiendo en una cama improvisada que había hecho y puse una película. Después de esto tal vez engorde varias libras, pero no me preocupaba mucho.

***

Sentí mi teléfono vibrar, no sé en qué momento me había quedado dormida, tenía varios mensajes de los chicos y de Evan, entré al grupo y había prácticamente una revolución, todos estaban culpando a Tom y me sentí un poco mal

Grupo de WhatsApp #TMC

Sam: ¡Te pasaste demasiado Tom, déjala ser feliz y ya!

Miranda: Concuerdo con Sam

Ryan: Bro, así no

Yo: Hey chicos, dejen a Tom

Sam: ¡¿JADE ESTAS BIEN?!

Yo: Estoy bien, la comida y dormir me ayudó, gracias por preocuparse, los amo

Tom: Lo siento Jade

Yo: Está bien, hablamos luego, quiero que todo vuelva a la normalidad

Evan 12:34pm

¿Qué pasó?

3:47pm

¿Estás bien?

4:18pm

Sé que parezco acosador, pero toque a tu casa y nadie contestó

5:32pm

Me estoy preocupando, Sam tampoco sabe dónde estás, todos están muy preocupados

6:03pm

Jadeeeeeeee

6:07pm

-Evan?

-Dios mío!! Hasta que apareces, voy para allá.

Visto a las 6:08pm

Recogí un poco todas las cosas que tenía encima de mi cama, tiré las fundas de chucherías vacías y dos potes de helado vacíos, las demás cosas las bajé y las puse en la nevera. El timbre de la casa sonó abrí la puerta y ahí estaba Evan con cara de preocupación, me abrazó fuertemente y me besó como si me fuera a escapar.

-Estaba tan preocupado por ti, no me vuelvas a hacer esto, por favor -juntamos nuestras frentes y lo miré directamente a los ojos.

-Lo siento, no quería seguir ahí.

-Lo entiendo -tomé a Evan del brazo y cerré la puerta, lo llevé hasta mi habitación y me acosté, él me miró tímido y le hice señas para que se acostara junto a mí.

- ¿Quieres hablar sobre ello? -preguntó después de unos minutos de absoluto silencio.

-No sé cuál es su problema, no me puede ver feliz -me sentía frustrada, a pesar de lo que le había dicho él seguía siendo mi mejor amigo, siempre sería mi mejor amigo, por mucho que quisiera no podía borrar los recuerdos de tantos años y mucho menos el amor tan grande que le tenía, él había estado siempre ahí para mí, habíamos reído y llorado juntos, ¿por qué no se podía sentir feliz por mí?

-Los amigos van primero Jade -lo miré incrédula. -No me malinterpretes, pero los amigos siempre van primero que una pareja sentimental Jade.

-Lo sé, soy fiel creyente de ellos, pero Tom no debe de actuar así, se supone que es mi mejor amigo, si yo estoy feliz él debe de alegrarse por mí -Evan me miró preocupado y a la vez triste.

-Jade, Tom va primero, yo no puedo verte así por mi culpa -se levantó y bajó la cabeza.

-No Evan, no es tu culpa -me paré y lo abracé. -No te vayas, por favor -susurré. Sus brazos me envolvieron y besó la coronilla de mi cabeza.

"Te necesito,

a nadie más,

sólo a ti"

CAPÍTULO 11

Cuando llegó el viernes nos dirigimos a Fredo's como de costumbre, Tom no había hecho ningún comentario, no había intentado volver a hablar conmigo, pero lo había atrapado mirándome con tristeza, no voy a negarlo, aunque le haya dicho que ya no era mi mejor amigo yo lo sigo amando como mi mejor amigo, le pregunto a Sam como le va y me preocupo por él. Tom es una persona demasiado importante para mí y dudo que alguien pueda ocupar su puesto, a pesar de las peleas, de que muchas veces joda todo, él me había soportado, me había enseñado muchísimas cosas, era su hermanita pequeña y él mi hermano mayor, que de repente dejemos de hablarnos era muy difícil, mucho más si compartimos el grupo de amigos.

Estábamos comiendo, bromeando y tirándonos fotos, lo típico, nada fuera de lo normal. Cuando terminamos de comer en Fredo's fuimos a mi casa para nuestra tradicional maratón de películas. Después de la primera película me levanté y me dirigí al patio sigilosamente, me senté en la hamaca y me balanceé levemente.

- ¿Hay espacio para uno más? -Tom se encontraba en el marco de la puerta, me miraba con ojos expectantes, asentí levemente y él se sentó al lado de mí. -No sé qué decir -lo miré y me encogí de hombros. -Desearía poder decirte, pero no puedo.

- ¿Vienes aquí para decirme eso de nuevo? -lo miré algo enojada, pero a la vez triste, más triste que otra cosa, me dolía que estuviera actuando así.

-Lo siento Jade, sólo me preocupo por ti.

-Déjame ser feliz, si me hace daño, amén, de eso se trata el amor, ¿no?

-No quiero que te pase nada malo Jade -tomó una de mis manos. -Lo siento si soy muy sobreprotector, pero no quiero que sufras.

-No puedes impedirme que explote mis sentimientos, que viva mi vida, entiendo que quieras cuidarme y te lo agradezco, pero así no Tom -me paré y fui a la casa de Evan, podía sentir como todos mis amigos se quedaban mirándome, preguntándose a donde iría. Toqué la puerta y Evan estaba ahí, no tenía camisa ni zapatos y llevaba unos pantalones deportivos, lo abracé fuertemente y el me correspondió el abrazo.

- ¿Me extrañabas? -Mis ojos estaban cristalizados, me hundí más en su pecho. - ¿Qué pasa? ¿Jade? -Evan haló de mí levemente y cerró la puerta. -Nena, ¿qué tienes? -alcé mi cabeza y lo miré, me miraba con preocupación y sin entender nada, me tomó de la mano y me llevó a su cuarto, me quedé parada en el medio de la habitación. -Jade, ¿por qué estás así?

-Abrázame -fue lo único que pude decir, no quería contarle a Evan y que él se alejara de mí. Evan me abrazó fuertemente, me abrazó como si su vida dependiera de ello, me abrazó como si fuera el ser más preciado de su vida, me abrazó y me hizo sentir segura.

- ¿Todo bien? -Me separé de él y lo miré, sonreí levemente.

-Ahora sí -me puse de puntillas y le di un beso.

-Definitivamente puedo acostumbrarme a esto -Evan sonrió y me besó, nuestros labios se unieron en una batalla, mis manos jugaban con su pelo y las de él se aferraban a mi cintura. Me cargó haciendo que por inercia mis piernas se aferraran a su cintura y avanzó varios pasos hasta que mi espalda chocó con la pared. Sus manos se posaron en el dobladillo de mi blusa y la fue levantando poco a poco, sus dedos rozaban gentilmente mi espalda enviando corrientes eléctricas por todo mi cuerpo, me despegué un poco de él y vi algo en sus ojos que nunca antes había visto, pasión. Se volvió a pegar a mí, caminó hasta llegar a la cama y me recostó en esta, él se puso encima de mí, pero sin apoyarse en mí, una de sus manos estaba firme en mi cintura, me apegue más a él, sentía como si no estábamos lo suficientemente cerca a pesar de que no había espacio entre nosotros. -Jade -susurró, lo miré sin saber qué decir, de repente me sentí avergonzada por haberme dejado llevar por mis hormonas y mis mejillas se sonrojaron. -Eres demasiado bella -me susurró al oído lo que me provocó un escalofrío, sus labios hicieron un camino de besos desde mi oído hasta mis clavículas. Lo besé con desesperación, deseo, pasión, con ansias de más. Mis manos recorrieron sus perfectos abdominales y acariciaron su musculosa espalda. Evan se separó de mí y me besó en la frente.

-Gracias Evan.

-Gracias debería de darte yo a ti.

-Me tengo que ir, los chicos están en mi casa -Evan refunfuño y me besó el cuello, sabía que ese era mi punto débil y lo hacía para que me quedara. -Evan -él me miró y me besó.

-Te acompaño -Evan se puso una camiseta blanca y unas deportivas, me tomó de la mano y me acompañó hasta la puerta de mi casa. -Espero que estés mejor.

-Tú me haces sentir mejor -sonrió mostrando sus hoyuelos y acarició mi mejilla suavemente, él sabía el efecto que tenía esa sencilla caricia sobre mí y por ello lo hacía constantemente. Me puse de puntitas y le di un beso corto.

Entré a mi casa y todo seguía como antes, se encontraban ya viendo la tercera película de la noche. Me hice espacio entre al lado de Ryan y me recosté sobre su hombro, me sentía sumamente feliz y Ryan lo notó de inmediato.

-Alguien te hizo sentir mejor, ¿huh? -lo miré y Ryan me estaba sonriendo insinuando algo que no había pasado provocando que me sonrojara enormemente.

-Sí, pero no de esa manera -escondí mi cara en su pecho.

-Yo no he dicho nada -dijo en forma de defensa con una leve risa. Tom me miraba desde el sillón que compartía con Sam con el ceño fruncido, todos sabían a donde me había dirigido y de seguro sabían de mi discusión con Tom.

✳✳✳

Subí las escaleras y me dirigí a mi cuarto, estaban todos dormidos menos Tom y Ryan, de seguro se pondrían a jugar con la Xbox. Me bañé y me puse mi pijama, Miranda y Stacy estaban durmiendo en mi cama abrazadas, me reí y les tiré una foto. La luz de la habitación de Evan estaba encendida y a través de la cortina se veía su silueta, me acordé a la primera noche que vi la silueta, estaba igual que la otra vez, caminando de un lado para otro y con una de sus manos desordenando su cabello.

Evan - 3:47am

-Evan -vi como su silueta agarraba su teléfono y sus músculos se relajaban.

-Dime

- ¿Todo bien?

- ¿Por qué habría de haber algo mal?

-No, nada, buenas noches, descansa.

Visto por Evan a las 3:53am

Tiró su teléfono a la cama y se desordenó aún más su pelo, caminó por su cuarto con aún más desesperación, ¿por qué actuaba así?

No hace mucho estábamos juntos en su casa y todo había sido perfecto, me había dicho que era bella y nos habíamos besado con pasión, ¿que había cambiado en apenas media hora? No pude evitar sentirme algo usada y decepcionada, simplemente me había preocupado con él y me había respondido de forma seca, no esperaba que me mandara un millón de emojis de corazones y besos, pero ni siquiera me dijo buenas noches. Apagó la luz de su cuarto y ya no pude ver más la silueta, aunque a estas alturas me había dejado de importar tanto. Me acosté en mi cama y automáticamente Stacy me abrazó, me reí levemente y me relajé, aún tenía a estos locos a mi lado y eso es lo más importante. Tal vez estaba actuando muy dramáticamente, pero no sé qué esperar de Evan, no sé qué hacer, Evan llegó y puso todo mi mundo patas arriba.

"Los amigos son como las estrellas,

tal vez no siempre puedas verlos,

pero siempre están ahí"

CAPÍTULO 12

El martes había llegado antes de lo que esperaba, no le había escrito a Evan en todo el fin de semana a pesar de que me moría por hacerlo, tomaba mi teléfono queriendo escribirle, pero mi orgullo me frenaba. Su casa estuvo vacía el fin de semana entero y no fue hasta el domingo en entradas horas de la noche que Evan llegó junto con su tía y Anne, lo sé, sueno como toda una acosadora, pero no podía evitarlo, me sentía preocupada por Evan, quería hablar con él y besarlo, refugiarme en su pecho y que él me acariciara tiernamente, ¿cómo puedo sentirme así en tan poco tiempo?

El lunes Evan me saludó normal en la hora de matemáticas y yo simplemente lo ignoré además de que se sentó atrás de mí y el simple hecho de su presencia me desconcentraba, quería abrazarlo y que me contara porque se había puesto así, quería que se desahogara conmigo, pero tal vez era muy temprano para eso, tal vez solo yo me sentía de esa manera y él me veía como una chica linda con la que besarse y charlar de a ratos, como una amiga con beneficios.

***

A la hora de la salida me encontraba esperando a Evan, él se dirigió hacia mí con toda la calma del mundo y me miró algo apenado, pero no, no caería en esos hermosos ojos pardos y esa mirada de perrito degollado. Nos montamos en mi coche y me dirigí a mi casa, fui lo más rápido posible, se sentía la tensión en el ambiente y quería terminar estas tutorías cuanto antes, creo, porque por mucho que lo niegue y quiera decir lo contrario, quería hablar con él y preguntarle qué había pasado, pero no quería presionarlo, quería que él me lo dijera porque él quería decírmelo. Al momento de llegar me desmonté rápidamente y abrí la puerta, me dirigí a la cocina y saqué algunos snacks y un par de latas de refresco, las puse en la mesa de la sala y me senté en el suelo, saqué mis cuadernos y organicé todo.

- ¿En qué nos quedamos la otra clase? -Evan me miraba con el ceño fruncido. - ¿Qué? -pregunté abruptamente.

- ¿Cómo qué "qué"? -lo miré alzando una ceja, se desordenó el pelo con las manos. -Jade, te saludé el lunes en la escuela y me ignoraste, al igual que hoy en orientación sexual y en el camino ni me dirigiste la palabra, ¿qué rayos te pasa? -hablando se paró caminando desesperado por la habitación.

-Porque me preocupé por ti y actuaste como si no te importara -dije parándome frente a él mirándolo a los ojos.

- ¿Hablas del viernes? -asentí levemente sintiéndome pequeña. -Oh Jade - me abrazó fuertemente y automáticamente me sentí bien, soy una exagerada. - Lo siento mucho, en ese momento estaba preocupado por algo, lo siento, lo siento mucho nena, soy un completo idiota.

-Me podías haber dicho que tenías, sabes que puedes contar conmigo -Evan tomó mi cara entre sus manos.

-Lo sé nena, pero es difícil, estoy sintiendo tantas cosas por ti, cosas que nunca había sentido -lo abracé y me hundí en su pecho, creo que debo de dejar de exagerar las cosas, Evan ha pasado por tantos problemas, por tantas cosas y es normal que no confíe.

-Lo siento, soy una exagerada -Evan me sonrió con esos hoyuelos que me tienen loca y me dio un beso en la frente. -Ya, vamos a estudiar.

***

Al cabo de casi cuatro horas de estudiar decidimos ver una película en mi cuarto, Evan escogió Mad Max, y me pareció buena idea. Nos acostamos uno al lado del otro con mi cabeza encima de su pecho y él acariciaba mi pelo gentilmente. Se veía tan relajado y concentrado viendo la película, tenía el ceño levemente fruncido. Acaricié levemente su cara y Evan me miró, sonreí levemente y me puse a horcajadas encima de él, este se sorprendió por mi acto y me miró expectante.

-Dime gatita -susurró en mi oído. Yo me apegué completamente a él y escondí mi cara en su cuello, dándole pequeños besos y mordidas. Una de sus manos estaba firme en mi trasero y la otra acariciaba mi espalda haciendo que temblara levemente, Evan siempre sabía qué hacer para ponerme a temblar al instante. Lo miré a los ojos y se veían sumamente oscuros, casi negros, justamente como la otra noche. Me acerqué a sus labios y lo besé, primero con gentileza, delineando sus labios con mi lengua, saboreando su boca. Evan subió la intensidad del beso juntando nuestras lenguas, pronto empezaron una batalla, me moví suavemente encima de él y Evan suspiró pesadamente junto con un gruñido. Agarró mi trasero con fuerza, y haló de mi pelo sin hacerme daño para así besarme en el cuello y detrás de la oreja. -Alguien esta juguetona -lo miré con una sonrisa pícara y lo seguí besando, moviéndome con un poco más de rapidez, podía sentir como la excitación de Evan iba en aumento y él se despegó de mí. -Jade -dijo sin aire. -Jade -repitió y lo miré. -Si sigues así no sé si pueda controlarme -no me había dado cuenta que estaba comenzando a sudar a pesar de que el aire acondicionado estaba encendido. Me pegué a él y repartí besos por toda su cara y su cuello, la respiración de Evan era pesada, sus manos tomaron el dobladillo de mi camisa y de un momento a otro estaba en una esquina de mi cuarto, me sentía rara y tuve las ganas de taparme con los brazos, Evan acarició mis pechos por encima de la tela y me besó en el cuello, sus besos iban bajando y me puso debajo de él, acarició mis muslos y me miró directamente a los ojos, Evan se había quitado la camisa y ni cuenta me había dado, me sonrojé enormemente.

-Lo siento.

- ¿Que pasa nena? -tomé la sábana y me tapé con esta. -Ven aquí. -Evan me abrazó fuertemente y besó mi frente. -Eres hermosa, no lo sientas, porque créeme cuando te digo que eso ha sido lo mejor que me ha pasado.

-Lo dices por decirlo -rodeé los ojos.

-No te negaré que he estado con una cantidad algo amplia de mujeres, pero ninguna me ha hecho sentir ni la mitad de la forma en la que tú me haces sentir.

-Seguro eran más guapas y voluminosas -Evan me sonrió y beso mis mejillas sonrojadas.

-Nadie se compara contigo Jade, eres perfecta, no sólo tienes un cuerpo envidiable que atrapa la mirada de casi toda la población masculina de la escuela, si no que tu personalidad hace que nadie te pueda odiar, sino que te amen al instante.

"Tú cuerpo me tiene adicta,

me tiene suspirando por otro beso,

tu cuerpo es mi paraíso"

CAPÍTULO 13

Me levanté pesadamente, tenía mucho sueño a consecuencia de haberme quedado hasta tarde hablando con Evan. Me arreglé para ir a la escuela y me dirigí a esta, llegué sumamente temprano, faltaba 20 minutos para la clase de geometría y no había nadie en el curso, normal. Esta materia la compartía con Evan, Tom y Miranda, Evan siempre llegaba temprano y nos sentábamos juntos cosa que a sinceridad me encantaba.

- ¿En qué piensas? -me sobresalté y vi a Evan sacando sus cuadernos a mi lado.

-Sería en quién -sonreí, llevaba unos jeans rasgados, una camisa a cuadros remangada y sus Nike.

-Es muy afortunada esa persona que piensas en ella -tomó asiento a mi lado.

- ¿Eres afortunado? -Evan se sonrojó levemente y me sorprendí, no dije nada al respecto, pero me parecía algo sumamente tierno.

-No sabes cuánto -se acercó a mí y me besó lentamente, enrede una de mis manos en su cabello y él acarició mi rostro.

- ¡Dios! ¡Aquí no por favor! -Nos separamos rápidamente algo asustados, Miranda entró al aula sobreactuando, me calmé y me reí, Evan sin embargo se quedó con su semblante serio. Miranda se acercó a nosotros acompañada de Tom. - ¿Qué tal pareja perfecta? -me sonrojé.

-Hola Mir, yo también me alegro de verte -Evan sonrió levemente en forma de saludo y se puso a repasar. -Tommy -me paré a abrazarlo y le di un sonoro beso en la mejilla. -Tranquilo mi amore tú seguirás siendo con quien me casaré -me reí y Evan me miró extrañado, bromeaba así con Tom desde siempre, todos siempre pensaban que éramos más que amigos.

-No lo digas muy alto mon ceu, alguien se está poniendo celoso -Tom y Miranda se rieron. - ¿Qué tal Bro? -Tom saludó a Evan y este lo miro de una forma que nunca antes había visto.

-Todo bien, ¿tú? -A pesar de cómo lo miraba le respondió de una forma casual lo cual me pareció muy extraño.

-Bien -respondió Tom extrañado. -Iremos a nuestros asientos, hablamos luego preciosa -Tom besó mi frente como siempre lo hacía y se dirigió junto con Miranda a la parte de atrás, donde siempre se sentaban a hacer bromas. Ya había varias personas en el aula, pero aún faltaban cinco minutos para iniciar las clases.

- ¿Evan? -El me miró de una forma que me hizo sentir extrañada.

-Sí.

-Tom y yo somos amigos desde hace mucho, lo sabes, siempre bromeamos así, no te voy a dejar -relajó sus facciones, no había notado que estaba tensado.

-Lo siento nena, sé que son tus amigos, pueden seguir bromeando así, sólo no me lo esperaba -sonrió levemente y le di un corto beso en los labios, ¿acaso existe alguien más tierno que él?

"Cuando te acaricié

me di cuenta que había vivido

toda mi vida

con las manos vacías"

CAPÍTULO 13

Durante aproximadamente tres semanas los chicos se habían comportado sumamente extraños conmigo, además de que me habían dejado plantada el último viernes en Fredo's, ninguno se había aparecido y me cansé de llamarlos a todos varias veces, pero claro, ninguno cogió la llamada.

Al momento en el que llegaba a nuestro lugar de siempre en la escuela todos se callaban y actuaban extraño, hasta la misma Sam. Repasé una y otra vez que podía haber hecho, pero no encontré nada, es como si de un día para otro todos me odiaran y me ignoraran, y duele, joder si duele.

***

-Ryan -vociferé en el pasillo, tenía esta hora libre y Ryan también puesto que compartimos la materia. Él aceleró su paso y corrí tras él hasta que lo alcancé. -Ryan -se giró y me miró, su mirada expresaba lástima, bajó la mirada y se mordió levemente el labio. - ¿Qué pasa? -No dijo nada, su mirada me quería decir algo, pero de su boca no salía ni una sola palabra - ¿No me dirás nada? ¿Tú también? -sentía mis ojos llenarse de lágrimas. - ¿Por qué de repente todos actúan así? -Y de repente algo hizo clic en mi cabeza, habían actuado así desde que les confesé que Evan y yo nos habíamos besado, desde la última vez que Tom no me hablaba, ahora simplemente ninguno me hablaba - ¿Qué les dijo Tom? -pregunté con rabia, Ryan se tensó y miró a los lados, estaba más que nervioso, había dado en el clavo, Tom les había dicho eso por lo que él quería que yo me separara de Evan y todos le habían creído, ¿entonces porque no me lo había dicho a mí?

-Jade, aléjate de él, te hará daño, estás en peligro -fue lo único que dijo y se marchó, grité su nombre repetidas veces, pero no me hizo caso, ¿vale la pena tener el amor si no tienes a tus amigos? ¿Vale la pena pasar por todo esto? ¿Vale Evan la pena? Hay muchos otros chicos, pero se supone que si son mis amigos deberían de apoyarme, deberían de estar felices por mí.

***

Había hecho todo tipo de intentos de que alguno de los chicos me dijera algo, aunque sea un insulto, pero ahora era peor, era como si ni siquiera existiera, me ignoraban en los pasillos, en el curso, simplemente no existía para ellos y me dolía, aunque creo que doler es poco, mis amigos de toda la vida, los que a través de los años siempre habían estado ahí para mí. No me gusta para nada esa faceta de todos ellos.

***

Tuve que borrar todas las fotos de mi teléfono con mis amigos si es que aún les puedo llamar así. Cada vez que entraba a mi galería y veía alguna foto, algún vídeo, no podía controlarme y lloraba como niña pequeña, todas las emociones venían a mí de nuevo, el sentimiento de culpa, de rechazo, de

65/90

traición y era algo que no podía aguantar.

Por desgracia no podía eliminar tan fácil toda una vida de recuerdos, aunque había borrado las fotos los recuerdos no se irían de mi mente, todos esos momentos juntos, todas las risas, las lágrimas, las altas y las bajas, ¿de verdad había acabado?

***

Me había rendido, no iba a seguir detrás de todos ellos, me acerqué a otras personas en la escuela, personas que no me juzgaban por esta en una relación con Evan y que no lo veían como un pecado capital, pero, ellos son irremplazables, por mucho que lo niegue siempre me harán falta, haga lo que haga y pase el tiempo que pase.

"Dime como hiciste para borrar tantos hermosos recuerdos en tan poco tiempo

dime por favor

porque yo no sé qué hacer con ellos."

CAPÍTULO 14

En un abrir y cerrar de ojos llegó diciembre, el frío estaba presente a pesar de que aún no había nevado. Habíamos terminado el semestre lo que indicaba un mes libre de todo tipo de responsabilidades escolares, un mes que me dedicaría a conocer lo que me faltaba de conocer de Evan, desde septiembre hasta la fecha no habíamos tocado sus temas personales, entre mis asignaciones escolares y las clases extracurriculares nuestro tiempo de hablar se había complicado además de que no quería presionarlo, Evan es sumamente sensible, no quiero que recuerde cosas que quiere dejar atrás por mi curiosidad.

Había quedado con Evan para ver películas en mi casa todo el día, ayer habíamos terminado el semestre y después del estrés de los exámenes finales necesitaba un buen descanso, relajarme, y con el simple hecho de recostarme en el pecho de Evan lograba sentirme completamente bien. El timbre sonó, bajé las escaleras y abrí la puerta, Evan estaba frente a mí, con una caja de pizza en las manos y una funda de palomitas, su ropa era la misma que siempre, pero llevaba su pelo un poco más corto, se notaba que había ido al peluquero.

-Pasa -me hice a un lado para que entrara y él se dirigió directamente a mi cuarto, yo tomé un par de latas de refresco de la cocina y subí a mi cuarto,

Evan ya se encontraba poniendo una película en netflix en la televisión, la caja de pizza estaba en el medio de la cama, dejé los refrescos en mi mesita de noche y me acomode en la cama al lado de él, con mi cabeza en su pecho.

-Hola -reí levemente y lo miré, nos habíamos acostado juntos y ni nos habíamos saludado.

-Hola Evan -le respondí.

- ¿Todo bien? -preguntó juntando nuestras frentes, sus ojos pardos se veían más claros y me transmitían tranquilidad.

-Perfecto ahora -sonreí, ¿qué más podía pedir? Ya estaba de vacaciones sin ninguna materia pendiente y gracias a todo el esfuerzo del semestre Evan tampoco tenía materias pendientes lo que significaba que no tendríamos preocupaciones escolares y podríamos realizar los planes que teníamos en mente, da igual lo que hiciéramos, lo único que me importaba era que Evan estuviera a mi lado.

-Me hacía falta esto -me dijo acercándose a mí y besándome lentamente, pegó su cuerpo el mío, sin un solo centímetro de separación, si fuera por mí duraría la vida así, la película estaba de fondo, pero no me importaba mucho, todo lo que me importaba era él, como sentía sus latidos al compás de los míos, sus manos en mi cintura haciendo pequeños círculos, él sabía que eso era lo que más me relaja por lo que siempre lo hace desde el momento en que lo descubrió.

-A mí también.

-Gracias por todo Jade -me dijo cerrando los ojos.

-No tienes por qué agradecer Evan -le acaricié la mejilla levemente.

-Sí, a pesar de que te dicen que te alejes de mí -abrió los ojos y me miró, se veían más oscuros por la falta de luz, pero me transmitían un millón de emociones. -Tú fuiste la única persona que no se llevó de la primera impresión, te empeñaste en conocer, en saber de mí, y a pesar de que no te he contado casi nada de mí, sabes más que cualquiera -sentía como sus ojos leían mi pensamiento.

-Gracias por confiar en mí.

-No quiero que te pase nada por estar cerca de mí -sus ojos se aguaron, ¿qué quería decir con eso? ¿estaba rompiendo conmigo antes de empezar?

- ¿Q-q-qué quieres decir Evan? -dije tartamudeando, mi corazón estaba encogido.

-No quiero que te pase nada, no llores nena, no, por favor -tomó mi cara entre sus manos, me separé de él y me paré de la cama dándole la espalda.

- ¡Por qué me dices esto ahora? -le grité y lo miré, él se había sentado en la cama. -Me lo dices justo cuando no puedo vivir sin ti, cuando estoy completamente ligada a ti, ¿cómo eres capaz de querer separarte de mí? -mi voz se fue apagando lentamente, sentí mis piernas desfallecer, Evan se paró rápidamente y me agarró entre sus brazos, me abrazó fuertemente, estaba llorando a mares, no podía estar sin Evan, sé que soy joven y vendrán otros amores, pero con Evan me siento de una manera casi inexplicable, no quiero separarme de él, por lo menos no ahora, lo quiero ayudar, lo quiero ayudar con todos esos problemas que tiene, quiero que sea feliz, quiero hacerlo feliz.

-Nena, bebé, mírame -tomó mi cara entre sus manos, tenía lágrimas rodando por sus mejillas. -No llores, por favor, se me es imposible estar lejos de ti Jade, no sé qué hacer, quería dejar esto aquí, pero verte así, no puedo dejarte así, no puedo, aunque sea egoísta, no quiero dejarte ir.

-No me iré Evan, quiero conocerte mejor que nadie, quiero ayudarte, quiero todo contigo, ¿acaso aún no lo entiendes? -lo miré directamente a los ojos.

-Te amo Jade McKenzie -tomó mis manos entre las suyas fuertemente, pero sin lastimarme y me miró, su mirada me transmitía sinceridad, paz, amor, me encantaba cuando me miraba así, me enamoraba.

-Yo también Evan Wonder, no sabes cuánto -me besó, me besó como si nunca más volveríamos a besarnos, me besó dándome a entender cuánto me amaba. -Pero, por favor, ni siquiera vuelvas a decir eso jugando -Evan acarició mis mejillas y me besó en la frente.

-Ni lo pensaré.

- ¿Terminamos la película?

-Ni siquiera vimos el principio -reí levemente.

-No veo el problema con ello -Evan sonrió y me apegó a él, sentí paz en mi interior, no cambiaría a Evan por nada del mundo ni las cosas por las que hemos pasado, algo me dice que él es esa persona que me complementa, tal vez me estoy precipitando, pero quiero aprovechar todo el tiempo que tenga con él, si duramos 6 meses, 6 años o toda una vida.

"Y así te fui queriendo a diario,

sin una ley, sin un horario"

CAPÍTULO 15

Evan me había invitado a cenar ese mismo día en un sitio elegante que habían abierto hace poco, no llamé a mis otras amigas porque harían un escándalo y de seguro querrían arreglarme más de lo necesario, a Evan le gustaba más al natural, y en lo personal a mí también, por lo que no perdería tiempo maquillándome ni arreglándome mucho el pelo.

Decidí optar por un vestido azul marino corto, con manga larga de encaje, y unos zapatos altos color crema. Agarré mi teléfono y me miré al espejo, me tomé una foto y se la mandé a Evan junto con un mensaje "ya estoy lista, ¿vienes?" a los dos minutos escuché el timbre, sonreí automáticamente, tomé una chaqueta y un gorro para resguardarme del frío y bajé lo más rápido posible, al abrir la puerta ahí estaba Evan, nunca lo había visto tan arreglado, pantalones fino azul marino camisa blanca y una chaqueta también azul marino, tenía los tres primeros botones de la camisa desabotonados y sólo un botón de la chaqueta abotonado, lo cual le daba un toque más casual y juvenil, su pelo estaba alborotado como siempre.

- ¿Te gusta lo que ves? -tenía una sonrisa picarona y en sus ojos estaba presente ese brillo que tanto amo.

-Me encanta, estás más que perfecto -me acerqué a él, con estos zapatos estábamos del mismo tamaño.

-Estas preciosa Jade -tomó una de mis manos con una de las suyas y mantenía la otra detrás.

- ¿Qué escondes ahí?

-Jade, quería hacer esto en el restaurante, pero no creo que aguante -estaba nervioso, nunca lo había visto así.

-Adelante -le sonreí.

-Yo no he elegido amarte, mucho menos que seas la principal razón de mi existencia, no elegí la forma en la que te ríes y que suene como una hermosa melodía para mí -una pequeña risa salió de mí y Evan sonrió. -Ni que me mires de esa forma, con esos ojos que me tienen loco y me enamoran día a día, no elegí sonreír con el simple hecho de que mencionen tu nombre, ni que cada suspiro que sale de mis labios seas tú la causa principal, no elegí la forma en la que me siento cuando tus brazos rodean mi cuerpo y logra calmarme, ni el deseo de besarte a cada segundo -tomó mi cara entre sus manos. -No elegí echar de menos las locuras que haces con tal de verme sonriendo, no elegí sentirme así desde el momento en el que te conocí, ni ser la envidia de todos los chicos del instituto que sueñan estar con la maravillosa persona que eres, tampoco elegí el día ni el mes, mucho menos la hora en la que apareciste en mi vida en esa tediosa clase de matemáticas -reí levemente. -Pero me alegro día a día de que eso ocurriera, no elegí ni siquiera pensar en ti cada instante de mis días y soñarte cada noche, pero ahora no abandonas mi mente ni siquiera un mísero segundo -no aguanté y lo bese por unos segundos, Evan se apartó de mí y sonrió. -Pero ¿sabes qué?, si pudiese haber elegido algo, o cambiar algo, habría sido conocerte antes, ¿me harías el honor de ser mi novia? Sin importarnos lo que digan, te amo Jade McKenzie -tenía en su mano una cajita que al abrirla dejaba ver un hermoso collar que tenía una letra E, de Evan por supuesto. -Con este collar, si dices que sí, le demuestro a todos que eres mía -no tenía palabras, sentía como un par de lágrimas se salían de mis ojos, pero eran de felicidad, no me esperaba esto, ¿quién se esperaría algo así de una persona como Evan? -Jade di algo, por favor -rió nerviosamente y me sacó de mi trance, me abalancé sobre él y lo abracé fuertemente, me separé un poco, lo besé y le sonreí.

-Claro que si Evan, sería un placer -me volteé y recogí mi pelo para que Evan me pusiera el collar, cuando terminó me giré hacia él y lo besé de nuevo.

-Vamos, novia -esa palabra se escuchaba tan especial salida de sus labios, sonreí, lo tomé del brazo y nos dirigimos hasta su coche que estaba aparcado frente a su casa, él me abrió la puerta como todo un caballero y después él se montó. -Espero que te guste el sitio.

-Me han dicho que hacen unas pastas muy buenas -Sam me había comentado que en la inauguración había ido con Tom y compartieron un plato de pasta con salsa Alfredo que les había gustado mucho a los dos, cuando aún me hablaban, aparté esos pensamientos de mi mente, nada arruinaría mi noche con Evan.

-Lo importante es que estaremos juntos -tomó mi mano y sonreí.

-Contigo a donde sea Evan.

- ¿Y si te secuestro? -reí levemente.

-Sería secuestro si yo no me dejo, pero como es contigo, sería un placer perdernos juntos, lejos de todo y de todos -paramos en un semáforo, él se acercó a mí y me besó tiernamente.

El viaje fue bastante ameno, con Evan no había silencios incómodos y siempre lograba sacarme una sonrisa.

El restaurante quedaba algo alejado de la ciudad por lo que tardamos unos 20 minutos en llegar, pero valía la pena, el sitio era bastante acogedor y tenía una iluminación tenue, lo que le daba intimidad, nos sentamos en una mesa en una esquina, algo apartado, nos sentamos uno frente al otro, rápidamente una camarera nos llevó el menú.

-Buenas noches, bienvenidos a El Mesón de la Cava, ¿que desean de tomar? -la mujer nos brindó una sonrisa.

-Dos cocas colas por favor.

-Bien -ella anotó la orden. -Les puedo recomendar la especialidad de la casa, pasta en salsa Alfredo.

- ¿Qué te parece amor? -Evan me miró y sonrió.

-Me parece perfecto.

-Okey, en un momento les traigo su orden -ella sonrió y se marchó.

- ¿Te gusta el sitio? -Evan tenía la mirada tímida y una media sonrisa, sonreí y le tomé la mano.

-Me encanta Evan.

Al cabo del tiempo trajeron nuestros pedidos y comimos entre risas y sonrojos, el tiempo con Evan pasaba rápido, sentía como los segundos, minutos y horas se escapaban de mis manos con rapidez, quería aprovechar cada momento, cada instante a su lado.

Cuando salimos dimos un paseo, el restaurante quedaba frente a la playa, me quité los zapatos altos y los llevé en la mano mientras caminábamos agarrados de la mano. Caminamos por casi una hora, llegamos a un puente de madera, algo viejo y nos sentamos en la punta, era algo alto por lo que nuestros pies no llegaban al agua.

-Evan, párate -le dije seria, quería gastarle una pequeña broma.

- ¿Qué pasó nena? -yo me paré y él se paró frente a mí.

-Te amo -le sonreí, él me sonrió, y lo empujé al agua, gracias a los buenos reflejos de Evan él me tomó rápidamente del brazo y caímos juntos, el agua estaba sumamente fría, como no, estábamos en diciembre.

- ¿Pensabas que no había notado tus intenciones? Oh cariño, te conozco como a la palma de mi mano.

-Si me conoces tanto como dices, creo que sabes que debes de hacer ahora.

-Claro que lo sé -Evan se fue acercando a mi lentamente, cerré los ojos, y en vez de sentir los tibios labios de Evan, sentí como me tiraban agua.

- ¡Evan! -chillé y Evan se reía por lo que le hice lo mismo.

-Vámonos nena, no quiero que te me enfermes -salimos tomados de la mano del agua y el viento frío hizo nuestros cuerpos se estremecieran, fuimos corriendo como dos niños hasta llegar al coche, entramos y Evan encendió la calefacción, a pesar del frío no cambiaría ni un sólo detalle de mi noche con él, ¡Me había pedido que fuera su novia! De la manera más adorable y entrañable, Evan es el correcto, me da igual nuestras edades, es él.

"No puedo dormir sin decirte que me haces muy feliz. Aunque suene cursi. Has llenado mi vida de luz. Aunque suene religioso. Te adoro. Aunque suene fanático. Y no quiero que esto se acabe nunca. Aunque suene soñador"

CAPÍTULO 15

Habíamos decidido ir al cine junto con mis amigos, para que ellos vean que Evan no era mala persona, a pesar de que Tom había convencido a todos de que él no era adecuado para mí. Nos juntaríamos todos allá, íbamos de camino cuando de repente un coche atravesó la calle prohibiendo nuestro paso, esa calle no era muy transitada por lo que solo estábamos nosotros y el otro coche. Automáticamente Evan tensó la mandíbula y se puso sumamente serio.

-Jade, escóndete -dijo mientras rebuscaba algo en la guantera con notable nerviosismo.

- ¿Qué buscas? ¿De qué hablas? -Evan me estaba poniendo nerviosa, ¿de qué hablaba?

-Jade, hazme caso, oigas lo que oigas no salgas, ¿vale? -tomó mi cara entre sus manos y me besó fugazmente, me di cuenta que tenía un arma en la mano, lo miré asustada. -Todo saldrá bien. -Me pasé a la parte trasera del coche y me escondí detrás del asiento del copiloto.

***

- ¿Crees que te ibas a librar de nosotros tan fácil renacuajo? -su mirada era fría y calculadora, con una sonrisa de malicia.

-Johnson, ¿no crees que has hecho lo suficiente? Tus jodidos problemas son con mi padre, no conmigo -estaba bastante cansado de sus extorsiones y sus chantajes.

-Me encanta el sufrimiento, y al sufrir tú, sufre él, ¿acaso no entiendes el negocio?

-No soy parte del negocio.

- ¿Conseguiste lo mío?

-Habíamos quedado mañana.

-Lo quiero ahora -se acercó a mí y yo me enderecé.

-No ando con eso, por favor, vete.

- ¿Acaso andas con alguien? -automáticamente me puse nervioso, no quería que le hiciera nada a Jade. -Por tus acciones creo que sí, parece que no has aprendido lo suficiente.

-Con ella no, lo que quieras menos ella -Johnson rió sarcásticamente y sentía mi voz temblando.

- ¿Acaso no puedo conocerla? -Johnson le hizo unas señas a los dos hombres que andaban con él y se dirigieron al coche, abrieron todas las puertas y sacaron a la fuerza a una temblorosa y asustada Jade, se me partía el alma verla así.

-Suéltenla -dije entre dientes. - ¡Suéltenla! -repetí con los puños apretados.

-Evan -Jade me miraba con ojos asustados.

-Suéltenla, déjenla que se vaya con él -los hombres la soltaron y tomé a Jade en mis brazos fuertemente, estaba llorando, este si era mi debilidad, y parece que Johnson la había encontrado.

-Mañana a las 12 donde siempre, ahora te tengo más vigilado que nunca. Hasta luego preciosa -le dio una nalgada a Jade sentí como toda la adrenalina pasaba por mis venas, estaba a punto de darle un puñetazo, pero las delicadas manos de Jade me frenaron.

-No Evan, vámonos -sus ojos estaban llenos de miedo, de temor, de confusión, de preguntas.

-Te explicaré todo, ¿quieres ir a casa? -asintió levemente.

Le abrí la puerta del copiloto y le puse el cinturón, ahora estaba en una especie de estado de shock, me preocupa verla así, ella no tenía que saber nada de esto, ella no se merece pasar por este tipo de mierdas, apreté el volante con tanta fuerza consiguiendo que mis nudillos se pusieran blancos. Iba lo más rápido que pude, para así llegar rápido a la casa de Jade y que podamos hablar tranquilamente, ¿y si me dejaba? No, no iba dejar escapar lo mejor que tengo ¿y si le hacen daño? No aguantaría verla sufrir, verla morir por mi culpa, conocía bastante bien lo retorcida que podía llegar a ser la mente de Johnson y no quería que Jade conociera eso, no quería que perdiera su inocencia, no quería que mi Jade, mi todo, mi niña, mi princesa, dejara de ser lo que es por una mierda de persona.

Al llegar estábamos en silencio y subimos directamente a su cuarto, ella se sentó en su cama y yo me quedé parado frente a ella.

-Adelante, pregunta todo lo que quieras, te explicaré todo Jade, no quería llegar a este punto, estas son cosas que te quería ocultar porque no quiero que te pase nada -tomé sus manos entre las mías y las besé tiernamente.

- ¿Quién es él? -respiré profundamente, esto no sería fácil.

-Johnson, o así le dicen.

- ¿De dónde lo conoces?

-Él hace negocios con mi padre, negocios sucios, y cuando mi padre no cumple como él quiere o cuando se le antoja me usa a mí para que mi padre lo obedezca.

- ¿En qué trabaja tu padre? -sentía como sus manos temblaban.

-Él es un importante traficante de drogas, actualmente vive en Rusia y tiene conexiones en todos los países, Johnson y él son rivales y a la vez aliados, es un lío muy raro que a veces ni yo mismo entiendo.

- ¿Él fue que te secuestró junto con tu mejor amigo? -bajé la cabeza al recordarlo y sentí como se me aguaron los ojos. -Lo siento amor, no quería -la miré.

-No importa, sí, él mismo -respire profundamente. -No quería que te conociera, no quería que lo vieras, sabe que eres importante para mí, sabe que daría la vida por ti, sabe con qué manipularme.

-Evan, yo, yo no sé qué decirte.

-No tienes que decir nada, sólo mantener tu promesa de que nunca me dejarás, por favor, sé que ahora que sabes esto corres riesgo, corres un gran peligro al estar junto a mí, demonios, pensé en esto cuando me empezaste a gustar, intenté apartarme de ti, pero simplemente no podía, lo eres todo para mí Jade, no sé qué hacer sin ti -tenía los ojos llenos de lágrimas, pero aún no había comenzado a llorar.

-Evan, se me hace imposible pasar un día sin verte, ¿cómo crees que sería una vida sin ti? -la besé, saboree sus labios y calmé sus nervios, nos transmitimos paz uno al otro, llegamos a acostarnos a la cama, me separé un poco de ella y la miré pidiendo permiso. -Te amo -no hizo falta decir algo más y nos volvimos en uno.

"Más que besarla, más que acostarnos juntos;

más que ninguna otra cosa, ella me daba la

mano, y eso era amor"

CAPÍTULO 16

Todo lo que me había dicho Evan rondaba por mi mente, sentía miedo, no por mí, sino por él, no quería que le pasara nada, quería escaparme e irme lejos con él, a donde fuera, pero eso no es posible, tengo que terminar por lo menos mis estudios, además de que aún no cumplo la mayoría de edad siquiera.

Miré a mi lado y Evan estaba durmiendo plácidamente, se veía sumamente tierno y tranquilo, sin preocupaciones, con el pelo desordenado y los labios entreabiertos, ¿cómo no enamorarme de una persona así? ¿Cómo alejarme de él? Sé que soy joven, que vendrán más amores, que es probable que él no sea el único que me enamore, pero no me quiero separar de él, si lo tengo a mi lado tengo que luchar por un nosotros, no puedo dejar que se escape de mis manos. Él en gran parte me ha hecho ser quien soy, enseñándome sobre el hermoso sentimiento de amar de esta forma, por él espero con ansias los días de clases para poderlo ver. Me cambia de humor con sólo una mirada, una mirada de esos ojos que me atraparon desde el primer momento. Lo mejor que me ha pasado fue conocerlo, y estoy más que agradecida por ello, estoy agradecida porque una persona como él apareció en mi vida y no quiero que se vaya.

Evan se removió en la cama y abrió los ojos, automáticamente sonreí.

-Buenos días -dijo con una voz ronca que si fuera por mí escucharía todos los días por el resto de mi vida.

-Buenos días, ¿qué te parece si te bañas y hacemos el desayuno? -me levanté de la cama, hace un rato que me había levantado y me bañé.

- ¿Cuánto tiempo llevas levantada mirándome? -su cara se sonrojó y sonrió ampliamente.

-Un buen tiempo -le di un beso casto y bajé las escaleras hasta la cocina.

Saqué harina, huevos y puse la sartén a calentar. Removí todo en un bowl y lo hecho en la sartén, repetí la acción varias veces, tanto Evan como yo comíamos bastante por lo que haría bastante comida. Sentí como me abrazaban por la espalda y mi cuerpo se estremeció, Evan depositó un beso en mi cuello y sonreí.

-Se ve delicioso -Evan agarró un pancake con la mano y se lo comió en dos bocados.

-Saca la nata, el chocolate y la miel de la nevera y ponlo en el desayunador -Evan hizo lo que le dije y se subió en la meseta, saqué leche y galletas oreo para hacer una batida.

- ¿Necesitas ayuda? -Evan se paró a mi lado.

- ¿Puedes hacer la batida? -él asintió, preparó la batida y lo puso en el desayunador, tomé el plato de pancake y lo puse junto con las demás cosas.

Desayunamos entre risas, creando un total desastre que después tuvimos que limpiar.

Evan se marchó en la noche algo nervioso, no me quiso decir a donde iba, ¿iría a verse con Johnson? Un escalofrío recorrió todo mi cuerpo, tomé mi teléfono y le envié un mensaje "Cuídate", me mordí el labio con nerviosismo, no podría dormir hasta saber que Evan llegó seguro a su casa y que no le pasó nada malo.

Subí a mi cuarto y me recosté, me puse a ver fotos en mi teléfono y encontré una con Tom de hace ya un tiempo, me dolía saber que Tom ya no me trataba igual, que ninguno me trataba igual, casi ni hablábamos y dejaron de ir a Fredo's los viernes sin decirme nada, ¿todo porque yo estaba con Evan? No lo creía justo, ¿por qué Tom seguía pensando mal de Evan? Una foto con los padres de Tom apareció, ellos eran sumamente rectos y trabajaban en la CIA, nunca estaban en casa por lo que Tom no tenía una relación muy estrecha con ellos. Pensé por un momento y todo me cayó como un balde de agua fría;

"Él no es para ti"

"Si sigues con él sufrirás"

"Él es peligroso"

"No lo conoces"

Ahora todo tenía sentido, Tom supo desde un principio a que se dedican los padres de Evan, no podía decírmelo porque esos temas son muy delicados y él no es quién para andar diciéndoles, pero es probable que se lo haya dicho a los demás, ¿por qué no a mí? Abrí el grupo de WhatsApp del grupo, parecía que habían creado otro ya que ni hablaban por ese.

*Grupo de WhatsApp - #TMC

-Necesito hablar con ustedes, ¿dónde están? Sé que están juntos.

Sam: En mi casa

- ¿Puedo ir?

Sam: Si quieres*

Me dirigí rápidamente a la casa de Sam y entré, fui a la sala de juegos donde de seguro estaban todos.

-Hola -dije tímidamente, todos se callaron y apagaron la televisión.

- ¿Qué era eso tan importante? -Layla me miró fríamente.

-Parece que su noviecito se fue que se acordó de nosotros -dijo Tom en un tono despectivo.

-Nunca me olvidé de ustedes, nunca los cambié, ustedes crearon otro grupo, me desplazaron, dejaron de ir a Fredo's los viernes y no me dijeron nada, ¿y fui yo que los cambié? -sentía mis ojos llenándose de lágrimas. -Ya Evan me contó todo Tom, ¿por qué se lo contaste a ellos y a mí no? -Todos se quedaron petrificados.

- ¿Terminaron? -preguntó Sam.

-No, no terminamos -hice una pausa y miré a Tom a los ojos. -Responde mi pregunta Tom.

-Porque no me creerías.

- ¿Se llevaron de Tom antes de averiguar? Evan no está metido en esa mierda, ¿creen que estaría con cualquiera? Parece que no me conocen, él me contó todo, me ha contado todo por lo que ha pasado y lo único se merece es amor.

- ¿Enserio? ¿Por qué ha pasado el señorito? Él fue el que eligió esa vida -Stacy se puso frente mío desafiándome.

- ¿Él eligió esa vida? -pregunté incrédula. -Tom, ¿qué les dijiste? -Tom bajó la mirada.

-Tom nos dijo que él lleva en ese negocio mucho tiempo, que es un problemático y que siempre está en peleas -me explicó Ryan, yo reí sarcásticamente.

-Sus padres están en eso, él no eligió nacer en esa familia, él no eligió que lo secuestraran, él no eligió que toda persona que él ama la maten frente a sus ojos, ¿acaso creen que es fácil? -no sé en qué momento comencé a llorar y mi voz terminó en un grito ahogado.

- ¿Secuestro? -Miranda estaba anonadada.

-Sí, deberían de conocer a una persona, saber por qué actúa así antes de juzgarla, pero lo que más me duele es que me dejaron de lado como si nada -mis piernas desfallecieron y caí rendida al piso llorando como bebé, todas las lágrimas que llevaba aguantando, haciéndome creer que eso no me hacía daño, cuando me dolía como si me hubiesen arrancado un pedazo de mí, una gran parte de mi corazón, son mis mejores amigos, el mejor grupo de amigos, aunque todos son tan distintos, diferentes, aunque me hacen enojar muchas veces, me regalan un millón de sonrisas y buenos momentos.

-Jade -Sam me abrazó. -Yo, yo no sé qué decirte.

- ¿Estás feliz con lo que lograste Tom? -le gritó Ryan, nunca había visto a Ryan tan enojado, parecía como si en cualquier momento le daría un puñetazo.

-No se enojen con Tom, todos sabemos cómo es -dije en apenas un susurro, pero todo lograron escucharme.

-Jade no lo justifiques -dijo Stacy. -Te hicimos mucho daño, él se merece lo mismo.

-No -me paré. -Las cosas no se resuelven así, ustedes no tienen que enojarse con él, yo sí, tengo motivos, pero lo único que quiero es que esto sea lo mismo de antes -todos me abrazaron y Tom se quedó petrificado en un sitio.

-Eres la mejor Jade -Layla me abrazó fuertemente.

-Todos lo sentimos enormemente, sólo nos preocupamos mucho por ti -dijo Tom con timidez.

- ¿Quieres que te perdone? -le dije a Tom, él asintió con rapidez, lo atacaría donde más le duele, en su orgullo. -Tienes que pedirle perdón a Evan - Tom hizo una mueca. -Sabía que no lo harías, tu orgullo es más grande que todos estos años de amistad.

-Jade -me tomó del brazo y lo miré. -Está bien, lo haré.

- ¿Te quieres quedar? -preguntó Ryan, miré la hora en mi teléfono, 11:28 pm, no quería estar sola en casa esperando a Evan.

-Claro.

Después de eso, nos sentamos a charlar y a comer pizza, nos pusimos al día rápidamente y todo se sintió como antes, ahora iban los jueves porque había un especial y esos días no iba tanta gente por lo que había más libertad.

Me hacían falta estos momentos con ellos, donde no tenía preocupaciones y simplemente nos reíamos de cualquier tontería. Cuando terminamos de comer y hablar las chicas nos fuimos a la habitación de Sam, sabía que era momento de un cuestionario de mi relación con Evan.

- ¿Entonces? -preguntó Sam y yo me sonrojé automáticamente.

- ¡Oh mi Dios! -chilló Layla. - ¡Nuestra niña ya no es una niña! -me sonrojé aún más.

-Tomaremos eso como un sí -dijo Sam y yo asentí con vergüenza.

-Se nota que él te ama, mucho -agregó Miranda con una sonrisa.

-Nos amamos, dentro de lo que cabe, es perfecto.

"Los amigos verdaderos

siempre pero siempre

se reconcilian pase lo que pase."

Más o menos a la una de la madrugada fui a casa, al llegar la casa de Evan estaba completamente a oscuras, la luz de su cuarto estaba apagada indicando que aún no había llegado lo que me puso muy nerviosa, entré a casa y subí directamente a mi cuarto, le mandé otro mensaje a Evan "¿Dónde estás?". Encendí la luz de mi cuarto y vi a Evan acostado en mi cama, sonreí, de seguro había llegado cansado y se había dormido esperando. Me cambié, apagué la luz y me acosté a su lado, le di un tierno beso y él abrió los ojos automáticamente.

-Nena -se apegó a mí.

- ¿Cómo estás? -noté que tenía su ojo más oscuro de lo normal. - ¿Qué pasó Evan? -mi voz adquirió un tono de preocupación, me paré de la cama y encendí la luz, Evan se tapó con la sábana y yo se la arrebaté. -Evan -dije anonadada, aparte de tener un ojo morado tenía varias cortadas en los brazos y el labio hinchado. -Ven, hay que limpiar esas cortadas cariño -Evan gruñó, pero se paró de la cama y me siguió hasta el baño, se quedó parado en el marco de la puerta, tomé el botiquín y me dirigí de nuevo al cuarto, Evan se sentó en la silla que estaba frente a mi escritorio y me miró con esos ojos que me derriten, se notaba cansado. -Quiero que te mantengas quieto, te va a arder, pero tengo que hacerlo -Evan asintió levemente y me dediqué a limpiarle las cortadas, empecé por la cara, tenía una que atravesaba su mejilla izquierda y otras más pequeñas, le puse un ungüento en el ojo para que se sanara más rápido. -Quítate la camisa.

-Dios Jade, contrólate -dijo Evan bromeando, yo alcé una ceja y me sonrojé.

-Es para curarte mejor -dije en apenas un susurro y Evan sonrió y se quitó la camisa, curé las cortadas de sus brazos y una que tenía en el pecho. -Listo.

-Me merezco una recompensa, ¿no? Me porté muy bien mientras me curabas -Evan se paró y quedamos a escasos centímetros de distancia, me besó tiernamente y me abrazó. -Gracias pequeña.

-Ven, vamos a dormir, necesitas descansar.

Nos acostamos y Evan se durmió rápidamente, yo, en cambio no podía dormir, eran ya casi las tres de la madrugada, pero no tenía nada de sueño. No podía dejar de pensar en el tal Johnson, no quería que le pasara nada a Evan, en este momento se veía tan tranquilo, tan indefenso, Evan es bastante fuerte, por lo que de seguro le atacaron varias personas, y a juzgar por las cortadas rompieron algún vidrio cerca de él.

Se removió incómodo y noté como tenía el ceño fruncido, le acaricié la cara levemente y le susurre al oído que todo saldría bien, automáticamente se calmó y me abrazó, ¿que yo haría sin él? Se apegó a mí aún más, respiraba en mi cuello lo que me causaba leves escalofríos, pero no me molestaban, me indicaba que estaba durmiendo bien, que tenía paz, por lo menos en sus sueños, no quería que nada ni nadie lo turbara, no quería que nada le pasara.

***

No sé en qué momento logré dormirme, pero al levantarme Evan ya no estaba a mi lado, me había dejado una nota pegada a la almohada;

"Me fui temprano y no quise levantarte, te veías tan tierna durmiendo, ¿qué te parece si vamos a las 4 a la feria? Anne y Tricia irán con nosotros xx"

Le mandé un mensaje a Evan "A las 4 voy a tu casa", vi el reloj, eran la 1 de la tarde, me bañé, me cambié y bajé para prepararme comida, me hice una ensalada, no quería nada pesado, además en la feria de seguro comeremos comida chatarra.

Limpié la casa ya que me había olvidado de ello y respondí varios mensajes de WhatsApp.

*Grupo de WhatsApp - #TMC

Sam: ¿Feria?

Ryan: A las 5

Miranda: Nos juntamos allá, iré con mi hermana

Tom: ok

Layla: perfecto

Yo: Estaré allí, iré con Tom y su familia una hora antes

Sam: uhhh la pareja perfecta

Ryan: nos vemos allá entonces

Mamá 10:33 am

- ¿Cómo estás hija? Te amo xx

-Bien mamá, ¿y tú? Yo más xxx

Papá 12:34 pm

- ¿Todo bien?

-Todo correcto

-Y yo que me alegro

-Te amo pa

-Y yo a ti cariño*

Ya eran las tres de la tarde, me bañé de nuevo y me cambié, me puse unos jeans rotos y una blusa sin mangas holgada junto con unos zapatos deportivos. Salí de casa y fui a la de Evan, ya estaban en la entrada cerrando la puerta.

-Jade cariño, ¿cómo estás? -me saludó Tricia con un abrazo y un beso.

-Muy bien, ¿y usted?

-Bien, me alegro.

- ¡Jade! -Anne me saltó encima y la tomé en mis brazos.

-Yo también me alegro mucho de verte Anne -le di un beso en la mejilla.

-Vámonos -Evan me tomó de la mano y me sonrió.

Tricia se sentó en la parte de atrás junto con Anne, por lo que yo me senté en el asiento del copiloto, al lado de Evan. Al llegar a la feria, después de media hora de viaje, compramos nuestras entradas y algodón de azúcar, la feria estaba llena de personas, familias, parejas, payasos, trabajadores, era una feria muy famosa y desde que llegaba a la ciudad todo el mundo asistía. Desde los carritos chocones hasta dar en la diana, donde Evan ganó dos peluches, uno para Anne y otro para mí. Cuando dieron las ocho Tricia y Anne se fueron en un taxi ya que Anne estaba bastante cansada.

- ¿Qué te parece si vamos a la casa de los espejos? -me propuso Evan, no me daba muy buena espina eso, pero si Evan quería, ¿por qué no? Él llevaba complaciéndome la tarde entera.

-Vamos -nos dirigimos a la casa de los espejos, un hombre muy raro nos dio la bienvenida y entramos, sentía que algo no saldría bien.

"Permaneceré siempre contigo"

CAPÍTULO 17

A causa del laberinto Evan y yo nos separamos, grave error, después no lo podía encontrar, sentía que alguien me perseguía y no había salida, estaba empezando a asustarme.

- ¡Evan! -grité desesperada. - ¡Evan! -grité de nuevo, pero nadie respondió, escuché una risa sarcástica. - ¿Hay alguien ahí? -muy buena pregunta Jade, si genial, si hay alguien no te responderá. -Si esto es una broma no es para nada gracioso -la risa se hizo presente de nuevo y vi una persona a través de uno de los espejos, se me hacía bastante conocida, me volteé, pero no estaba ahí, empecé a correr y choqué contra uno de los vidrios, me toqué la frente, y tenía un pequeño corte del cual estaba saliendo sangre.

-Eres asustadiza, pensaba que Evan estaría con alguien no tan -lo pensó. -Débil. -me volteé y ahí estaba, Johnson, sentí un escalofrío y como mis piernas perdían fuerza.

- ¿Qué quieres? -intenté decir con firmeza, pero titubeé un poco.

-Tal vez jugar un poco -sonrió con malicia. -Ahora que no está tu perfecto novio para protegerte -se acercó a mí y no tenía para dónde ir, choqué contra uno de los cristales y él quedó a centímetros de mí y sonrió, una sonrisa que no me inspiraba nada de confianza. -Eres muy bonita, Evan tiene suerte en ese sentido -acarició mi mejilla y me estremecí, no quería que me tocara, ¿Evan dónde estás? -Él debería de cuidarte mejor -acarició mis labios y yo giré la cara. -Que rabiosa, me gusta.

-Yo no quiero gustarte -él rió y me apegó a él tomándome fuertemente de la cintura, intenté separarme de él, pero era mucho más fuerte que yo.

-No es algo que esté a tu elección preciosa.

-Jódete -le di una patada en sus partes íntimas y él se separó de mí cayendo al suelo y agarrándose donde le había golpeado.

-Estúpida niña, ¡me las pagarás con creces! -corrí por el laberinto, sentía pasos detrás de mí, choqué con alguien y me asusté.

-Jade, Dios mío, estás bien -Evan tomó mi cara con sus manos. - ¿Qué tienes? ¿Qué pasó?

-Vámonos, ahora -dije con la voz temblorosa, Evan no siguió preguntando y me guio hasta la salida del laberinto.

-Jade, explícame.

-Cuando estemos de camino a casa -fuimos caminando rápido hasta el coche, nos montamos y Evan emprendió el camino hacia casa.

-Ahora explícame.

- ¿Dónde estabas? -pregunté desesperada.

-Estaba en el laberinto, salí y no te encontré, por lo que entré de nuevo, ¿qué pasó ahí adentro? -las lágrimas salieron de mis ojos de forma de alivio, a Evan no le había pasado nada, ¿debería de decirle que Johnson había estado ahí? -Jade, ¿qué fue lo que pasó?

-Simplemente no te podía encontrar -mentí, no quería preocuparlo más.

-Mientes muy mal, dime qué fue lo que pasó -frenó el coche y lo parqueo a un lado.

-Johnson -dije en un susurro y agaché la mirada.

- ¿Qué te hizo? ¿Te toco? -Evan tomó mi cara entre sus manos, tenía los ojos llorosos y la mirada preocupada.

-Intentó besarme -respire profundamente intentando calmarme. -Pero le di -Evan abrió los ojos sorprendido.

- ¿Le diste? ¿Y escapaste? -Evan sonaba sorprendido, Johnson no era un hueso fácil de roer, era alto, fuerte y muy intimidante, con sólo una mirada me causaba escalofríos, pero no buenos escalofríos, causaba miedo, pánico, terror.

-Sí, un rodillazo en sus partes íntimas -sonreí levemente y Evan rió.

-Esa es mi niña -me dio un beso en la frente. -Creo que deberé enseñarte defensa personal.

- ¿Sabes pelear? -encendió de nuevo el coche y siguió el camino.

-Sí, además entreno siempre que puedo en el sótano -el camino continuó en silencio hasta llegar a nuestra calle. - ¿Tú casa o la mía?

-Mi casa -Evan aparcó frente a mi casa y entramos, fuimos directo al cuarto y Evan puso una película en la cual no me fijé, me acosté en su pecho y él acariciaba mi espalda para así calmarme.

-Lo siento nena -dijo al cabo de un largo rato y me besó en la frente, lo miré, intenté sonreír, pero sólo logré una mueca rara y lo besé.

-Tranquilo, ya pasó.

No estaba concentrada en la película, ese momento en la casa de espejos se repetía una y otra vez, la risa sarcástica, los ojos llenos de maldad, su tétrica sonrisa, son cosas que por mucho que quisiera nunca podría olvidar, ¿cómo olvidar algo así? No sé cómo Evan puede vivir, puede amar, puede sonreír con todas las cosas que ha pasado, lo miré, estaba concentrado en la película, con una sonrisa traviesa en su cara. No he conocido persona más dulce y buena que Evan, a pesar de todo, cuando se logra abrir con una persona, cuando te muestra sus sentimientos, te das cuenta que vale la pena conocerlo, vale la pena que al principio se haya comportado como todo un idiota, porque detrás de esa capa de protección, detrás de ese chico malo, estaba el Evan que me enamoró loca y perdidamente, el Evan por el que estaba pasando esto, pero que a pesar de ello no soy capaz de separarme de él, de estar sin sus besos, sin sus abrazos, sin sus te amo qué me dedica con esa voz dulce y llena de amor, sin sus ojos, lo primero que me llamó la atención, lo que me hizo querer conocerlo más, lo que me atrapó y me hizo nunca querer separarme de él.

Toda mi vida me la he pasado leyendo novelas de amor, viendo películas, escuchando canciones y todo lo que se me pueda ocurrir, con finales felices donde el amor siempre triunfa porque es el sentimiento más fuerte que existe y que todo lo puede. Escuchando anécdotas de mis padres, de mis amigos, de mis familiares, te dicen tantas cosas del amor, pero jamás las entiendes hasta que te pasa. Literalmente, un día los cables se juntan, las constelaciones se alinean, el sol dice sonríe, la luna ilumina más que nunca y todo se aclara en tu mente, todas esas emociones que te habían contado, comienzas a vivirlas y a experimentarlas en tu propia piel. Entiendes por qué hay tantas obras de amor, con todo tipo de argumentos y finales felices, porque sientes que la vida para cuando ves a esa persona, pero al mismo tiempo va a mil kilómetros por hora, porque se vuelve una necesidad, una obsesión, una droga, te vuelves adicto a lo que te alimenta el alma, a esa sensación de plenitud, paz y de felicidad que te acompaña a cada momento cuando estas con la persona que te roba el aliento y a la vez te hace suspirar.

Quizás este amor no sea perfecto, ni siquiera el más bonito, menos con todas esas cosas que están pasando ahora gracias al pasado de Evan, pero no me importa en lo absoluto porque él está a mi lado. Como todos los amores tengo ese miedo de perder más que de entregarme, que las palabras de Evan sean mentiras, pero las cartas ya están jugadas y le entregué todo mi amor a él, me da igual quedarme vacía, sin amor para dar, porque si él es el dueño, todo está bien.

"Lo maravilloso de todo es que no lo entiendes,

hasta que lo sientes"

CAPÍTULO 18

Había conseguido dividir mi tiempo entre mi grupo de amigos y mi relación con Evan, para así no tener problemas con ninguno. Después del incidente en la casa de espejos Evan no me dejaba sola ni medio segundo, siempre estaba pendiente a mí y no me dejaba caminar sola por la ciudad, a pesar de que me estaba dando lecciones de defensa personal no es tan fácil como parece, a pesar de que las lecciones son duras y extensas Evan dice que no estoy preparada para otro enfrentamiento con él o con uno de sus acompañantes, cosa que me asustaba. Me sentía ahogada al no poder salir como quería de mi casa, me gustan los paseos largos por el parque cuando no hay nadie en la calle, Evan lo hace por mi seguridad, pero no puedo evitar sentirme así.

***

Pasé el veinticuatro y el treinta y uno de diciembre con mis padres en Alemania, ya que en esas fechas estaban ahí por motivos de trabajo. Me hubiese gustado pasarlo con Evan, pero llevaba mucho tiempo sin ver a mis padres y los extrañaba bastante.

Volví a casa el dos de enero, y Evan estaba esperándome en el aeropuerto junto con mis amigos, Evan tenía unos globos que decían "bienvenida a casa" junto con un peluche bastante grande, dejé las maletas en medio del pasillo y corrí hacia Evan para abrazarlo, él me atrapó y dio vueltas abrazándome.

-No te vuelvas a ir así nena, por favor -me bajó y me besó apasionadamente. -Prométemelo.

-Te lo prometo bebé, te extrañé muchísimo -lo abracé con fuerza.

-Ve a saludar a tus amigos, yo buscaré tus maletas -me besó la frente y fue a buscar mis maletas, me dirigí hacia mis amigos y nos abrazamos todos fuertemente.

-Te extrañamos mucho -dijo Sam.

-Demasiado idiota -agregó Miranda.

-Y yo a ustedes chicos -les respondí con una sonrisa, Evan apareció detrás de mí con mis maletas y me tomó de la cintura.

- ¿Nos vamos? -pregunté.

Habían venido en dos vehículos, para mi sorpresa, una parte viajó con Evan, y no había ocurrido la tercera guerra mundial, al llegar a mi casa eran las 9 de la noche, estaba bastante cansada, pero los chicos querían pasar un rato conmigo, lo cual no me molestaba, además los había extrañado mucho.

- ¡Sorpresa! -al entrar a mi casa estaban todos mis compañeros con bebidas, comida, y me tiraron confeti, yo me quedé anonadada, y me llevé las manos a la cara.

- ¿Te gusta? -me preguntó Evan que estaba abrazándome por la espalda.

- ¿Tú lo organizaste? -lo miré.

-Tus amigos fueron de gran ayuda -sonreí y lo besé, abracé de nuevo a todos mis amigos y agradecí a los que estaban allá, pusieron música alta y sabía que el descontrol iba a empezar. Había algunas personas en la piscina, otras en la sala, por lo que subí y aseguré las habitaciones para que no pasara ningún incidente, habían guardado todos los objetos de valor en la habitación de mis padres y la pusieron bajo llave, siempre prensando en todo. Bajé a la sala y me serví un vaso de cerveza y me lo bebí rápidamente ya que tenía sed.

Busqué a Evan con la mirada, lo vi recostado de la pared, mirándome, por lo que me acerqué a él y lo besé gracias, susurré, y él me sonrió, a pesar de lo que pueda pasar, de lo que pasó, no cambiaría a Evan por nada ni nadie. Rodeo mi cintura con sus manos mientras la acariciaba levemente provocando los ya conocidos escalofríos que siempre provocaba con cada toque. Mis mejillas se sonrojaron y el besó una de ellas.

-Gracias por todo Evan -sonreí enormemente.

"Llegaste como nadie y ahora eres mi todo"

CAPÍTULO 19

Después de tanto tiempo escondiéndonos decidimos salir, ya estábamos en marzo, casi era nuestra graduación y teníamos planeado irnos a vivir lejos, donde Johnson no nos encuentre, donde podamos vivir tranquilos y ser felices. Nos dirigimos al campo, mi familia tenía una casa a las afueras de la ciudad, era muy acogedora y apartada de todos, ni siquiera llegaba señal, por lo que nada ni nadie nos molestaría. Compramos comida antes de salir de la ciudad para poder pasar los tres días que pasaremos allá. Sentía la emoción dentro de mí, además el lunes cumplía dieciocho años, por eso Evan insistió más en que hiciéramos algo sólo nosotros. Al llegar a la casa entramos y organizamos todo, era ya de noche y Evan estaba cansado, por lo que nos acostamos en la habitación principal a ver películas, aunque Evan se quedó dormido a los cinco minutos de acostarnos. Terminé de ver la película y apagué la televisión, sólo había silencio en el ambiente, era algo que no me gustaba mucho, sentía que algo malo pasaría, y más estando tan lejos, de repente sentí que esta había sido una muy mala idea, empecé a sentirme nerviosa y traté de calmarme, pero no lo lograba, miré a Evan, estaba durmiendo plácidamente y sonreí, me acosté en su pecho y él me abrazó fuertemente, sentí como la paz me inundaba y pude conciliar el sueño.

***

Sentí como me ponían un paño en la nariz y la boca, abrí los ojos de repente y vi a un hombre que no reconocía, intenté tocar a Evan con mi mano, pero no estaba a mi lado, ¿qué está pasando? Mis ojos se hacían más pesados y sólo quería dormir, una pesadilla de seguro.

***

Intenté abrir los ojos, pero sentía los párpados pesados, estaba atada a una silla, me dolía mucho la cabeza y tenía miedo. Logré abrir los ojos y vi a Evan frente a mí con la cabeza agachada.

-Evan -dije en apenas un susurro, pero no me escuchó. -Evan -dije un poco más fuerte y él me miró, tenía los ojos llorosos y sus brazos tenían marcas de haber peleado.

-Jade, lo siento -lo miré e intenté sonreír, y entraron al cuarto Johnson y sus hombres, el miedo recorría mis venas y sentía las manos sudorosas.

- ¿Creían que se salvaron de mí? -Johnson se rió. -Nunca se salvarán de mí -se puso frente a mí y me sonrió. -Así te quería tener, atada, dominada, lista para mí -me dio una bofetada que hizo que mi cabeza girara, me ardía la mejilla, pero no podía hacer nada, fue a donde Evan y me removí en mi silla, no quería que le hiciera nada. -Evan, ¿qué te parece si me llevo a tu princesa? -Evan lo miró y sonrió.

-Me da igual, llévatela y haz lo que quieras con ella, ni siquiera es buena en la cama -los ojos de Evan me expresaban amor, pero sus palabras fueron como un puñal en mi corazón, ¿por qué decía eso? Mis ojos se llenaron de lágrimas, pero no dejé que salieran. -Mira como llora, es una debilucha, no te servirá para nada.

-Cómo cambian las cosas desde la última vez, ¿por qué estás con ella entonces? -Evan sonrió.

-Fácil, la tienes a ella aquí ahora sufriendo, cosa que me da igual, mientras la verdadera mujer que amo está tranquila en su casa, sana y salva -Johnson apretó la mandíbula y golpeó una mesa, no aguante más y me puse a llorar, sentí como mi corazón se rompió en mil pedazos, mientras Evan parecía que no tenía ni un sólo sentimiento hacia mí, lo miré y el desvió la mirada.

-Joder -Johnson miró a sus acompañantes. -Ustedes no sirven para nada, pedazos de mierda ¡quiero a alguien para hacerle daño! Esta niñata no me sirve para nada -fue a donde mí y se agachó para quedar a mi altura. -Parece que no te esperabas nada de esto, ¿verdad? -yo negué levemente, él se paró y les hizo unas señas a sus compañeros, me soltaron, y me agarraron, sentía mis piernas débiles y lo único que quería era dormir por años, Evan tenía la cabeza agachada y creí ver lágrimas que caían, me pusieron un baño en la nariz y en la boca de nuevo, y mis ojos se cerraron solos.

***

¿Por qué había hecho eso? No podía ver como Johnson llegaba a pegar o abusar de Jade, de mi dulce Jade no, tan frágil, tan tierna, tan inocente. Después de eso Johnson descargó toda su rabia conmigo y cuando me dejó libre, moribundo, sin fuerzas, en medio de la nada, supe que había valido la pena, porque a Jade la habían dejado sana y salva. Después de eso, me fui lejos, Jade no sufriría más por mí, se enamoraría de nuevo, de una persona que no le haga pasar por lo que lo hice y sería verdaderamente feliz.

CAPÍTULO 20

Nadie preguntó por Evan, no quería hablar de ese tema, ya había pasado un mes de ese suceso y no podía lograr entender como una persona podía llegar a fingir tanto, como podía tener otra si no nos separábamos, por más vueltas que le diera al asunto, no podía encontrar una solución.

Frente a todos actué como si no pasara nada, di la simple excusa de que se fue del país y terminamos por la distancia. Seguí mi vida normal, aunque con un gran vacío, ya nadie me acompañaba en mis noches melancólicas ni todos los días a mi casa, no tenía quien me hacía reír y me consolaba, tenía a mis amigos, pero no era lo mismo, no lo hacían de la manera en la que lo hacía Evan.

***

Después de meses volví, no porque quisiera, pero extrañaba demasiado a Anne y a Tricia. Al llegar a la calle vi a Jade sentada en la entrada leyendo, se veía tranquila, concentrada y me quedé mirándola, no sé cuánto tiempo, quería ir corriendo y besarla, pero eso era una locura, ella levantó la cabeza y me vio, se quedó petrificada, nos miramos a los ojos sin saber qué hacer, qué decir, ni en qué dirección correr. De esas tres opciones decidimos correr, pero no ella hacia su casa y yo a la de mi tía, corrimos el uno hacia el otro y nos fundimos en un abrazo. Olía a vainilla, ese olor que me tenía loco, y que a pesar de los meses separados no había salido de mi cabeza, después de durar un buen rato abrazados nos separamos y juntamos nuestras frentes, nos miramos a los ojos, y con simples miradas le expliqué todo, le dije cómo me sentía y el porqué de mis acciones pasadas y ella me besó, nos besamos como si no hubiera mañana, nos besamos por todos esos besos que no nos dimos en todos estos meses, nos besamos demostrándonos que a pesar del tiempo el amor seguía siendo el mismo, incluso se podría decir que hasta más intenso.

-Te amo Jade -la miré fijamente mientras varias lágrimas bajaban por mis mejillas, sentía como toda la tensión acumulada en todos estos meses se desvaneció en el momento en el que la vi tan hermosa como siempre.

-Vámonos lejos, vámonos antes de que nos encuentren, vámonos y seamos felices.

No hizo falta decir más, Jade se despidió de sus amigos, hizo sus maletas, les avisó a sus padres, visitamos a mi tía y nos marchamos, sin pensarlo mucho, nos dejamos llevar por nuestro amor y nuestros deseos. Si salía bien perfecto, si rompíamos por lo menos lo habíamos intentado.

Compramos un vuelo hacia el otro lado del mundo, dispuestos a comenzar una nueva vida, una vida juntos, todo lo que habíamos planeado meses atrás lo íbamos a poder completar ahora, después de tanto dolor y sufrimiento, había valido la pena la espera, ahora estaba con la mujer que amo, la mujer que me enseñó a ser feliz, la mujer que sin ella había vuelto a ser el Evan odioso de antes, ella había logrado cambiarme, pero para bien, me había cambiado con su amor, compresión y cariño, día a día, poco a poco, y de esa misma manera me había enamorado loca y perdidamente de ella.

No podía apartar mi mirada de ella, no podía dejar de mirar lo que hacía, como reía, como hablaba, como era sociable con todo el mundo e iba por ahí regalando risas y sonrisas, ¿acaso había mejor persona que ella? A pesar de que la había hecho sufrir, llorar, pasar muy malos ratos, ella seguía siendo la misma de siempre y me seguía amando igual, incluso más, que siempre.

No sé si existe un Dios o si hay algo allá arriba, pero si es así, estoy en deuda eterna con él por haber puesto un ángel como ella en mi vida, un ángel que me ha iluminado y me ha hecho sonreír de nuevo, la que le ha dado sentido a mi vacía vida.

"Podrían pasar mil años

podría besar otros labios

pero nunca te olvidaré."

EPÍLOGO

Me había graduado con honores en el área de psicología clínica, y Evan en el área de medicina con especialidad en neurocirugía, vivíamos felices en Alemania, donde Johnson y sus compañeros tenían prohibida la entrada. Sam venía siempre que podía a visitarme y Tom se había mudado hace poco a Suiza, por lo que estábamos algo cerca.

Nuestro amor simplemente crece cada día, junto con nuestros hijos, Anne, la mayor de ocho años y Evan, igual a su padre, de ya cinco años.

Si alguien me hubiese dicho la primera vez que vi a Evan por todo lo que pasamos y que terminaríamos así pensaría que era un chiste, pero ahora, no me arrepiento de nada de lo que pasó, y estaría dispuesta a vivirlo una y otra vez sí sé que terminamos así, juntos, felices, con dos preciosos hijos y una buena vida, ¿qué más se puede pedir? Levantarse día a día al lado de la persona que amas, trabajando en algo que te gusta, y con dos niños que sólo te dan alegrías.

Junto a Evan tenía todo lo que algún día desee y más, me sentía plena y no podía pedir nada más.

-Jade -lo miré y él se arrodilló frente a mí, mientras nuestros dos hijos sostenían flores. - ¿Me harías el honor de casarte conmigo? -mis ojos se abrieron de par en par y Evan abrió una cajita aterciopelada que tenía en su interior un hermoso anillo de compromiso, las palabras no salían de mi interior por lo que asentí, lo abracé fuertemente y lo besé. Evan tomó a Anne en sus brazos y yo a Evan Jr. y nos abrazamos los cuatro, los niños aplaudían y reían, y yo no podía sentirme más feliz.

-Te amo.

-Yo más.

"Podrán amarte mil veces,

y jamás tocarte como yo

he tocado tu alma"

FIN